三鬼の剣

鳥羽 亮

PHP
文芸文庫

○本表紙デザイン＋ロゴ＝川上成夫

三鬼の剣　目次

三鬼の剣　主要登場人物

誠心館《せいしんかん》（直心影流《じきしんかげりゅう》）
西尾甚左衛門《にしおじんざえもん》
毬谷直二郎《まりたになおじろう》
長谷川《はせがわ》ゆい……長谷川嘉平《かへい》の娘・長谷川道場より預かり

長谷川道場（神道無念流《しんとうむねんりゅう》）
長谷川嘉平
常陸幻鬼《ひたちげんき》
三河水鬼《みかわすいき》
出羽猿鬼《でわえんき》
※三鬼は武者修行の旅に出ている

聖武館《せいぶかん》（鹿島新当流《かしましんとうりゅう》）
佐久《さく》象山《しょうざん》
飯坂《いいざか》佐十郎《さじゅうろう》
比留間《ひるま》半造《はんぞう》……比留間道場より預かり
三谷《みたに》庄八《しょうはち》

比留間道場（一刀流《いっとうりゅう》）
比留間一心斎《いっしんさい》
比留間右近《うこん》……一心斎嫡男

山上宗源《やまがみそうげん》……心鏡流《しんきょうりゅう》草鎌《くさがま》の遣い手
比留間市之丞《いちのじょう》……比留間道場より山上宗源預かり
朝倉兵庫之助《あさくらひょうごのすけ》……定町廻り同心
玄蔵《げんぞう》……岡っ引

三鬼の剣

第一章　相ヌケ

一

　すでに四ツ（午後十時）をまわっていた。そよという微風《かぜ》もない。張り詰めた冷気と静寂が道場内を包んでいる。月明りが連子窓《れんじまど》の影を床板に刻み、時とともに毬谷直二郎《まりたになおじろう》の膝先で、その縞模様《しまもよう》の位置をわずかに変えていた。冷徹な夜気《やき》のせいか、青磁《せいじ》色の月光には、仄《ほの》かなやすらぎさえ感じさせるものがある。辺りから、人声はもちろん、猫や犬の啼き声さえ聞こえてこない。

　静かな夜である。

　稽古《けいこ》を終えた直二郎は、一人道場に残って木太刀《きだち》の素振《すぶ》りを終え、端座したまま黙想していた。色白で、まだ少年らしさの残っている面立《おもだ》ちが、月光の中で能面のようにいつまでも動かない。頰《ほお》から首筋にかけて、ほんのりと白い靄《もや》のような湯気《ゆげ》がたっている。

二十四歳。鍛え抜かれた身体《からだ》は巌《いわお》のように逞《たくま》しいが、端正な目鼻立ちに、きっと結んだ紅《あか》い唇はなまめかしくさえ見える。

所は、江戸本所亀沢町《ほんじょかめざわちょう》にある直心影《じきしんかげ》流道場「誠心《せいしん》館」。

直心影流は新陰《しんかげ》流の上泉信綱《こういずみのぶつな》を流祖とし、代々印可《いんか》を受けた者が、「神影流」「真新陰流」「直心流」……などと流名を改めてきたが、第六世山田平左衛門にいたって「直心影流」と称し、以後改名されることなく伝わった。

その直心影流を学んだ西尾甚左衛門《じんざえもん》が、自邸に開いた道場が、誠心館である。門人は近隣の御家人《ごけにん》や旗本の子弟が主で、三、四十人ほど、市井《しせい》の小道場といえるが、質は高かった。

もともと西尾家は五百石の直参《じきさん》旗本で、はじめは道場というより、甚左衛門の剣名に集まってきた近隣の武家の子弟の手解《てほど》きをしたのが、そもそものはじまりで、道場を建ててからも、自分の気にいった者しか入門を許さなかったからだ。

その甚左衛門と兄弟弟子にあたる毬谷彦四郎《ひこしろう》は、上総《かずさ》の国の藩主に剣術指南役として仕《つか》えて、二百石を給せられていたが、酒に酔い、名もない兵法者《へいほうしゃ》に不覚をとって勘気に触れ、御役御免《おやくごめん》となり、浪々の身となって江戸へ出た。

慣れない江戸での生活と浪人暮らしの心労がたたったのか、妻のていは三年目にはやり病《やまい》に罹《かか》って急逝し、翌年に嫡子《ちゃくし》の新太郎が風邪《かぜ》をこじらせて母の後を追うようにこの世を去った。

それでも、なんとか剣法で家名再興をと考えた彦四郎は、甚左衛門を頼って二男の直二郎を誠心館に入門させた。

直二郎八歳のときである。

父譲りの天稟《てんぴん》に加えて人一倍熱心に稽古に励んだので、師の甚左衛門も驚くほどの上達を見せた。

最近は、三、四十人いる門弟たちのなかで直二郎の右にでる者はなく、甚左衛門でさえ三本に二本は打ち込まれた。こうなると若い直二郎が師範代《しはんだい》格となり、門弟に稽古をつけることが多くなる。

しかし、直二郎は不満だった。

木太刀や撓《しない》で、未熟な門弟を何人打ちのめしても、己の修行にはならない。かといって、五十半《なか》ば過ぎた甚左衛門は、あまり木太刀を交《まじ》えたがらず、最近は直二郎に任せっぱなしで、あまり道場に姿も見せない。

すでに甚左衛門は家督《かとく》を嫡子に譲り、屋敷内の離れに寝起きして悠々と隠居の身を楽しんでいる。誠心館も直二郎に継がせたい肚《はら》らしいのだが、直二郎の方は、このまま市井の小道場の遣い手にとどまっていることに何となく物足りなさを抱《いだ》いていた。剣で名をなしたいと思うほど野心家でもなかったが、若い直二郎の胸のなかには、もっと強くなりたい、自分の可能性を試してみたいという青年らしい願いが、くすぶっていたのである。

その熱い念《おも》いに衝《つ》き動かされて、門弟が帰った後、一人道場内で木太刀を振るのが、直二郎の最近の日課になっていた。

ただ、漫然と素振りをくりかえすのではなく、己より強き仮想の敵を脳裏にうかべ、挑み、打ち込むのである。

まず、仮想の相手と切っ先を合わせ、気で攻め、隙《すき》をついて打つ。

打てた！　と思うと、さらに上級の者に対峙《たいじ》し、攻め、打ち込む。この方法なら、一人稽古とはいえ、比類無き名人、達者から好きなだけ手解きを受けることができるのだ。

一刻《いっとき》（二時間）ほどの打ちこみを終え、静かに座していると、熱かった身体がゆっくりと冷えてきて、流れ出た汗が肌で乾いてきた。胸の内の鬱積《うっせき》が霧散し、全身を包んだ疲労の中に、汚れや澱《よど》みをすべて吐きだしたような心地《ここち》よさがある。

直二郎は端座したまま、一刻ほど全身に満ちてくる心地よさのなかに浸《ひた》っていた。

そのとき、静寂を破って背後でコトリと音がした。直二郎は背に人の気配を感じとった。間《ま》をおかず、引戸がスルスルと開《あ》く。

（今ごろ、なにやつ……）

まさか、剣術の町道場に忍び込む夜盗《やとう》もおるまい、門弟の誰かが、忘れ物でもして戻ったか、直二郎はそう思った。

近付いてくる者の気配が、座している背後、三間ほどの間をおいて止まったまま動かない。強い視線が直二郎の背に刺さっている。殺気はないが、侵入者の目的が自分にあることを察知した。

直二郎は目を開けた。

傍《かたわ》らの木太刀を掴《つか》んで立つと、腰を落とし、斬撃の姿勢をとったまま振り返った。

闇の中に、全身黒装束《しょうぞく》の男が立っていた。一瞬、闇の中で見たために黒と見えたらしい。くすんだ蘇芳《すおう》染めの小袖《こそで》に、濃紺の立っ付け袴《ばかま》、顔は目の部分だけ開いた黒覆面で隠している。

六尺に近い長身。痩軀《そうく》といえるが、首筋は太く、袖口からつきでた腕は、筋肉が盛り上がり、かなり鍛えた者であることが見てとれた。男は、こちらの動きにいつでも対応できるよう、わずかに腰を沈めて身構えている。

「何者だ！」

直二郎は、木太刀の柄《つか》に右手をかけた。

男は無言のまま、動かない。左手に棒状の物を携《たずさ》えているが、刀ではないようだ。

「夜盗か」

「勝負を所望《しょもう》……」

ボソッとくぐもった声でいった。

「……！」

武者修行者か。それにしては、顔を頭巾《ずきん》で隠しているのはおかしい。武芸者が、他流試合を望む場合、目的は剣の修行にあるが、喧伝《けんでん》のために名をなのり、時と場を定めて人を集めてやるのが通例なのだ。真夜中、顔を隠して他流試合を望む者はいない。

「当流では、他流試合は禁じられておるが」

嘘ではなかった。直心影流では遺恨《いこん》を残すという理由で他流試合を禁じていた。

「いざ」

男は、問答無用と、上段に振り被《かぶ》った。持っていた棒状の物は、袋撓《ふくろしない》のようだ。相手に危害を加えるつもりはないらしい。

右手一本の片手上段……！

や大きく踏み込んで打つことができないはずだ。

奇妙な構えだ。袋撓を握った拳《こぶし》が額《ひたい》にある。上段にしては、上げ方が少なく、やや左足を後方に引いているが、自然体に近い。踵《かかと》も床についたままだ。これでは、大きく踏み込んで打つことができないはずだ。

「待て……」

対峙したまま、直二郎は身を引いた。袋撓の相手に木太刀で対することはできない。木太刀も、直二郎ほどの剣の達者がもちいれば、真剣と変わらぬ殺傷力を生む。背後の板壁に、袋撓がかかっているはずである。

直二郎は、対峙したまま後《あと》ずさり、後ろ手に、袋撓を摑むと、相手の上段に応じて、青眼《せいがん》からやや切っ先を上げて構えた。

袋撓なら、命に関わるようなことはあるまい、直二郎はそう思い、五間ほどあった間合《まあい》を摺《す》り足で、ツ、ツ、とつめた。

試合でなく稽古と考えればいいのである。

それに、直二郎は剣士として、この奇妙な構えからの剣技を確かめてみたくなったのだ。

一足一刀《いっそくいっとう》の間境《まざかい》の手前で、直二郎は、右上段に振り被り、相上段に構えをとった。

男は、微動だにしない。眠ったように細い目をしている。ゆらりとした感じで立っているが、大地に磐根《いわね》を張った巨樹のように大きく安定した構えで、隙がない。

（こやつ、できる！）

直二郎は、まず相手の構えを崩さねばならないと思い、ググッ、と振り被った上半身を動かし、打ち込む気配を見せた。尋常の者なら、その気に圧迫され反射的に身体が反応するはずだった。

が、男は立木か石像ででもあるかのように微動だにせずつっ立っていた。しかも、構えから発するはずの闘気がまるでない。ただ、無造作に振り上げているだけで、構えそのものがないように感ずるのだ。男の存在そのものが、闇の中に溶けてしまうような気さえする。

蟇肌《ひきはだ》の袋撓が、薄闇のなかで鈍い光を放ったまま、微動だにしない。

妙だな……。

今までこのような相手に対したことはなかった。

男の構えは、直二郎の打突《だとつ》の気配にはまったく反応せず、発する剣気はつき抜けてしまう。尋常の剣ではない。

直二郎は、吸い寄せられるように間境に近付く。

テエエイッ！

直二郎は男の真額《まびたい》を凝視《ぎょうし》したまま、裂帛《れっぱく》の気合で闇を裂いた。心臓に打ち込むような鋭い気合にも、男はゆらりと立ったままで動かない。

一瞬、直二郎は、踏み込むことの危険を感知した。簡単に打てそうな気がするが、打ち込めば、空《くう》を切り、躱《かわ》すことのできない凄《すさ》まじい一打が振り下ろされる。剣士としての直感だった。

(やられる!)

直二郎は、間境から反射的に身を引いた。ひいた汗が、また全身から吹きだしている。

(恐ろしい奴……!)

こちらの発した気を手繰《たぐ》るように一足一刀の間のなかに引き入れ、打とうと動作を起こした一瞬、凄《すさ》まじい反応を起こし、振り被った一刀を打ち下ろすものらしい。後《ご》の先《せん》の狙いだが、尋常のものではない。すべての気を断《た》っているところから判断して、こちらの気を受けて、無意識に反応するものらしい。迂闊《うかつ》に仕掛ければ、予想を越えた反撃が加えられると思っていい。

しだいに直二郎の息が荒くなった。

相手を威圧しようと渾身《こんしん》の気を込めて上段に振り被っている直二郎の方が、ジリジリと追いつめられていた。

奇妙にも構えた体は、存在感のない相手を攻めている。

火中に飛び込む虫に似ていた。

手繰《たぐ》られるように、ジリッ、ジリッ、と爪先《つまさき》が床を這《は》い、間合をつめ始める。

一足一刀の間境に踏み込み、上段からの打《だ》を起こそうとした刹那《せつな》、直二郎の脳裏に閃《ひらめ》くものがあった。

身を捨てて、気を断て！

弾《はじ》かれたように直二郎は飛びすさり、構えを崩して、右手にダラリと袋撓を下げた。剣士としての本能といってよかった。

（打ちたければ、打て！）

本能の命ずるままに、相手の構えの前に己の身を晒《さら》した。そして、気を断ち、心を無にするために、ただひたすら無限の広がりをもつ虚空《こくう》を念《おも》った。虚空の中に意識を埋没させることで、己の剣気を断ち切ろうとしたのだ。

毎夜、脳裏に描いた仮想の敵と対決していたことが、訓練となっていたのであろう。直二郎は、今、虚空の中にいた。

奇妙な光景だった。

静寂につつまれた道場内で、二人の男が対峙したまま朽木《くちき》か石仏のように凝固《ぎょうこ》してしまった。道場の四隅の闇が濃さを増し、塑像《そぞう》のような二人からは、吐く息の震えさえ聞こえてこない。

仄かな青い光が、動かない直二郎の足元に延びていた。どのくらいの時が流れたのか。直二郎は、ひどく長い時間立っていたような気がした。

ふいに、男の目が細くなった。

(嗤《わら》った……)

と思った。

次の瞬間、男が背後に飛び退《の》いた。一点に注がれていた直二郎の眼窩《がんか》で、黒い影が飛んだように見えた。

「相《あい》ヌケなり……」

そう言うと、男はクルリと背をむけ、開いたままの引戸から漆黒《しっこく》の闇の中に身を翻《ひるがえ》し、その後ろ姿は闇に呑《の》まれた。吹き抜けた一陣の疾風のようであった。

ふいに、直二郎の全身から力が抜けた。がっくりと両手と膝を床につき、犬のように荒い息を薄闇の中に吐いた。

(負けた……!)

そう思ったとき、直二郎の全身に鳥肌がたった。

道場の外は息をとめたように静かだった。見上げると、蒼《あお》い天空に盈月《えいげつ》が、凜《りん》と輝き、無数の星が、銀砂のように瞬《またた》いている。

微風《かぜ》もなかった。下駄《げた》の歯が乾いた音をたてた。

直二郎は悄然《しょうぜん》として、盈月を見上げたが、すぐに視線を落とし、己の影を踏みながら長屋門の方に足をむけた。

（恐ろしい剣だ……）

と思った。

黒装束の男が何か仕掛けてくれば、即座に直二郎の無念無想の状態は破られ、反射的に踏み込み、上段から打ち下ろしていただろうと思う。その結果は、みえていた。男は直二郎の切っ先を見切り、すれすれのところで躱して、直二郎の眉間《みけん》を強打したはずだった。

男が、撓を引いたので救われたのだ。

（相ヌケとは、どのような意味なのか……？）

この勝負、勝った！　男がそういったようにも、聞きとれた。撓を引く前に見せた男の嗤いは、直二郎の未熟さを嗤ったのかも知れない。

長屋門の手前に松の老樹があった。地面に網のような葉影を落としていた。その網のなかで、ふいに、直二郎は足をとめた。背後に人の気配がしたのだ。

振り返ると、長谷川ゆいの姿があった。

「直二郎様でしたか……」

手燭《てしょく》は持っていない。蒼い月光の中に、市松《いちまつ》模様の小袖に小倉《こくら》袴、髪をぼんのくぼあたりで結《ゆ》わえただけの男装ともいえる姿で、佇立《ちょりつ》していた。月光に照らされたゆいの白い顔が冴《さ》え、男装がかえって、息を呑むような優美さを印象づけた。

ゆいは、小石川《こいしかわ》にある神道無念《しんどうむねん》流長谷川道場の主、長谷川嘉平《かへい》の一人娘で、十九になると聞いている。女ながらに神道無念流を遣《つか》う。直二郎も何度か、撓を合わせたが、女とは思えない腕である。

故《ゆえ》あって、三月《みつき》ほど前から、甚左衛門の内弟子として西尾邸の離れの一室で寝起きしていた。

その面貌《おもて》には、なにやら思いつめたものがあった。

「ゆいどのは、まだ、起きておられたのか」

「はい、道場から気合が聞こえたような気がいたしましたので、今ごろ誰かと……」

「ひ、一人で、打ち込み稽古をしておりました」

思わず、直二郎は口ごもった。黒装束の男と仕合ったとはいいづらかったのだ。

「ゆいには、誰かと、稽古をしているように聞こえましたが」

「いや、一人です。木太刀を振っておりました」

「直二郎様……」

ゆいは、一歩近付いた。

「何か？」

「水鬼《すいき》という男の噂を聞いたことがありませぬか？」

「スイキ！」

「三河《みかわ》水鬼という、下段をよく遣う者です。直二郎様なら、江戸の剣客のことは、詳しいかと」

「いや、知らぬが……」

道場に忍び込んだ黒装束の男ではないようだ。

（あの男は上段を遣った）

「………」

女にしては濃い一文字の眉に、苦悩を刻む小さな縦皺《たてじわ》が寄った。

「して、その者が何か？」

「い、いえ。昔、父の道場にいた者です。今ごろどうしているかと、気になったものですから」

ゆいは、慌てて白い面《おもて》貌を月に向けた。

何か訳がありそうだ。

（それにしても、水鬼とは妙な名だな……）

直二郎も、皓々《こうこう》と輝く盈月を見上げた。また、さきほどの恐怖と無念さが胸に甦《よみがえ》ってきた。

月光を浴びた二人の足元には、矮小《わいしょう》な影が貼りついていた。直二郎は、満天の星の下で自分とゆいが、何かとてつもなく巨大な渦の中に引き込まれていくような念《おも》いにとらわれていた。

二

文化八年（一八一一）旧暦の二月十八日、明六《あけ》ツ（午前六時ごろ）。毬谷直二郎が黒装束の男と対戦した翌朝のことである。

神田《かんだ》にある鹿島新当《かしましんとう》流剣術道場「聖武《せいぶ》館」の門を、飯坂《いいざか》佐十郎という若い門弟が、白い息を吐きながら急ぎ足でくぐった。

鹿島新当流は、塚原卜伝《つかはらぼくでん》が鹿島神宮に参籠《さんろう》祈願して神示を受け、極意《ごくい》を悟《さと》ったとされる流派で、戦場での闘いを想定した実践的剣法である。

卜伝が死んだのが元亀《げんき》二年（一五七一）で、世はまさに戦乱の時代であり、なによりも戦場で敵を斃《たお》す剣術が重視されていた。当然のことながら、鹿島新当流も相手の懐《ふところ》に飛び込み、甲冑《かっちゅう》の弱点とされる小手、頸動脈《けいどうみゃく》、喉《のど》などを突き、斬る技を主に編まれていた。

文化八年は、江戸後期十一代将軍家斉《いえなり》の治世で武芸こそ盛んではあったが、太平の時代にあっては、鎧《よろい》武者相手の実践武術より、理を重んじる花法《かほう》剣術（所作《しょさ》を大事にする形剣術）がもてはやされていた。

「聖武館」は、常陸《ひたち》の国、鹿島で鹿島新当流を学んだ佐久象山《さくしょうざん》が江戸に出て開いた道場だが、そういう世であったから当然人気はなく、門弟は数えるほどしか集まらなかった。

ただ、稽古は実践的な荒稽古で、他の道場に比べて上達は早かったようである。

佐十郎はその数少ない門弟の中の一人で、まだ十代であった。稽古は人一倍熱心で、その朝も、木太刀を振るために他の門弟より一刻《いっとき》早く来たのだ。

春二月といっても、明け方は冷え込む。薄墨を刷《は》いたような西の空に、忘れられたように盈月が残っていた。寒風が板戸を叩《たた》きながら渡っていく。

遠く、犬の鳴き声がするが、あたりに人影はない。

佐十郎は、凍《こご》える手を擦《こす》りながら、玄関の戸を開け、道場内に踏み込んだ。連子《れんじ》窓《まど》から忍び込んだわずかな夜明けの光明が、道場の床板をぼんやり照らしている。着替えのために、道場の続きにある畳敷きの部屋に入ろうとして、佐十郎は足をとめた。

連子窓の反対側の暗がりの中に、何か横たわっているのを目にしたのだ。

人らしい。

　黒っぽい装束に身を包んだ男が、うつ伏せで倒れていた。

（こんな所で寝たら風邪をひくぞ）

　門弟の誰かが、酒でも飲んでそのまま寝てしまったのだろう、と佐十郎はそう思い、さして驚きもせず、男のそばに近付いた。

　黒っぽく見えたのは、濃紺の道場着と黒袴だった。袴は股立《ももだち》がとってあり、大根のような脛《すね》が二本、床板に伸びていた。

　ねじ曲げたように顎《あご》を突き出した男の横顔を見下ろしたとき、佐十郎は、はっと息を呑んだ。猿《ましら》のように歯をむきだし、白濁した両眼があらぬ方を見ていたのだ。

　死んでる！

　顔に見覚えがあった。三月《みつき》ほど前、入門した比留間半造《ひるまはんぞう》だった。歳《とし》は佐十郎より三つ上で、他流でかなりの修行を積んだ者だとは聞いていた。

　眉間を割られたらしく、血糊《ちのり》が、半顔を染めている。果たし合いでもしたのだろう、大の字に伸びた右手にしっかりと袋撓《ふくろしない》を握っていた。

　眉間の傷は、刀によるものではない。おそらく木太刀であろう、ただ一打ちに頭蓋を打ち砕かれている。相手は、かなりの遣い手と見ていい。

　佐十郎は、死体をそのままにして道場を出ると、棟続きにある佐久象山の母屋《おもや》に知らせに走った。

象山はすでに着替えていた。雪のように白い総髪を、肩口まで垂らしている。おまけに、白の小袖に白袴という白一色の装束だから、陰陽師《おんみょうじ》か刀鍛冶《かじ》のように見える。

「半造か……」

死体の顔を覗《のぞ》き込んで、象山は、困惑の色をうかべた。

「果たし合いでしょうか」

「ここで、仕合ったようにしか見えぬな」

六十に近い象山は、皺だらけの顔を苦々《にがにが》しく歪《ゆが》めた。

三月前に入門したばかりとはいえ、門弟の一人が、道場内で何者かと仕合って敗れ、ただ一太刀で絶命したのである。日頃、肉を斬らせて、骨を断て！　と、実践で相手を斃すことこそが大事だと教えている象山にしてみれば、面目《めんぼく》がたたないはずだ。

「相手は何者でしょうか、かなりの達者と思われますが……」

「分からぬ。それにしても、夜中に仕合うとはな」

昨夜は月夜ではあったが、道場内はかなり暗かったはずだ。道場内には、灯明《とうみょう》を点《つ》けた様子もない。闇の中で、二人だけで立ち合ったようだ。

「相手は、木太刀だと思われますが」

「解《げ》せぬな。……木太刀に撓で立ち合ったというのか」

象山は怒りを表したまま、吐き捨てるように言った。

「そのように見えまする」

「半造にも相手の腕を見抜く目はあったはずじゃが」

かなりの腕の差がなければ、木太刀に撓で立ち向かうことはできないはずなのだ。

「稽古だったのでしょうか」

「かも知れぬが」

象山は、死体のそばに屈《かが》み込んで小首《こくび》を傾《かし》げた。

「先生、何か？」

「妙だな。……見ろ」

象山は、死体の頭部のそばの床を指差した。

「特に、不審な点はありませぬが」

床に何かあるわけではなく、汚れや疵《きず》もなかった。

「血じゃ。……頭をぶち割られておる。かなり、血も飛び散ったはずじゃが、その跡《あと》がないわ」

「……！」

いわれてみれば、そのとおりである。半顔は血に染まり、道場着の肩口にも血飛沫《しぶき》が飛んでいる。床に血痕《けっこん》がないのはおかしい。

「ここで仕合ったのでは、ないかも知れぬな」

象山は立ち上がった。

連子窓から細い朝陽《あさひ》が、忍んできていた。白蠟《はくろう》のような死顔の頰を、弱々しく温めている。血糊が黒く乾き、半顔に蝙蝠《こうもり》でもはりついているように見える。

「では、この死体は、運ばれたと？」

「かも知れぬ。……佐十郎、半造が、ここで着替えたかどうか、見てまいれ」

「はッ」

佐十郎は、道場の続きにある畳敷きの部屋に急いだ。象山のいうとおり、半造がここで仕合ったのなら、着替えが残っているはずである。

佐十郎はすぐに戻ってきた。

「先生、ありました」

半造のものと思われる袷《あわせ》を手にしていた。

「ここで着替えたということか。……解せぬな」

床に視線を落としたまま、小首を傾げた。

朝陽が、くっきりと道場の床を射すころになって、門弟たちが三々五々やってきた。半造の変わり果てた姿を見て、一様に驚愕《きょうがく》と困惑の表情をうかべた。誰もが、相手の太刀筋の見事さに驚くと同時に、道場内で一太刀に斃されたことで、「聖武館」の名が地に落ちることを、慮《おもんぱか》ったのである。

「先生、当流は、無意味な他流試合は禁じております。比留間半造は、酒に酔って転び、打ちどころが悪く急死したと……」

師範代格の三谷《みたに》庄八が、狐を思わせる細い目を、集まった門弟たちに巡らせていった。事故死ということで、闇に葬ってしまえということなのだ。

「できぬな」

象山は苦々しくいった。

「この半造は、小石川にある比留間道場、比留間一心斎《いっしんさい》殿から預かっていた男じゃ」

「比留間道場というと、一刀流の！」

庄八の細い目が、驚きに瞠《みひら》かれた。

一刀流の比留間一心斎といえば、当代一の遣い手として全国に名が知れわたっていた。すでに、比留間道場は、嫡子《ちゃくし》の右近《うこん》に任せていたが、門弟は二千とも三千ともいわれ、江戸でも屈指の大道場であった。

「一心斎殿が、三月ほど前道場にこられ、半造に、我が新当流の極意を伝授してくれとおおせられてな」

象山の話によると、半造は一心斎の三男で、すでに一刀流の免許も与えられ、比留間道場では五指《ごし》に入る男だという。

比留間一刀流は、初伝、中伝、小目録、中目録、大目録、免許とあり、その上に印可《いんか》がある。比留間一刀流印可は一子相伝《いっしそうでん》で、その道統を継ぐ者だけに与えられるものであるから無理だが、二十歳そこそこの若者が免許にまで達しているのだから、相当の腕と思っていい。

「一心斎殿には、ご子息に、一刀流だけでなく、他流も学ばせたいとお考えがあったようじゃ。……それで、我が新当流の、身を捨てて相手の懐に入る気構えこそ、剣術者にとっては大事じゃとおおせられてな」

可愛い子には旅をさせろというが、一心斎は、我が子に他流の水も飲ませたいと考え、象山に預けたのであろうか。

その半造を、酒に酔って転び、打ちどころが悪くて死んだと、闇に葬ることはできない相談だ。仮に、そう伝えたとしたら、せめて遺体を引き取り、懇ろ《ねんご》に葬りたいといいだすに決まっている。一心斎ほどの達者であれば、一目見れば何者かの一太刀で額を打ち割られたことを看破《かんぱ》する。そうなれば、相手は誰か、なぜ、他流との果たし合いを許したかと、象山が追及される。

「先生、どのように処置いたせば……」

庄八も、簡単にことが済みそうにないことを察知したようだ。

「うむ……」

象山は屈み込んで、死体を見ていたが、意を決したように起《た》つと、

「これは、仕合ったのでは、ないかも知れぬな」

「と、おおせられると？」

「まず、床に流れた血の跡がないことじゃ。さらに、半造は、袋撓を持っておる。……わしには、これほどの達者を相手に、撓を持って臨《のぞ》んだとは思えぬのじゃ」

「しかし」

庄八は、眉宇《びう》を寄せて困惑の表情をうかべた。どう見ても死体の身づくろいは、果たし合いか、稽古中のものである。その上、袋撓を握りしめて斃れているのであるから、相手の一撃で絶命したと解釈するより他にないのである。

「何者かに、不意をつかれ、襲われたとしたらどうじゃ。その後、いかにも、果たし合いをしたかのように身づくろいをし、夜中に死体をここまで運んでおいたと考えれば、納得《なっとく》できようが」

「しかし、そのようなことを何者が？」

「分からぬ。分からぬが、闘う意思のない者を、不意をついて殺したとなれば、これは、お上《かみ》の仕事になるな」

「お上の！」

また、庄八は狐のような細い目を瞠いた。

「半造に遺恨を持っていた者が襲ったか、あるいは、口論のうえの激情か。殺してしまってから、急に恐ろしくなったのかも知れぬぞ」

「そのために、仕合を装《よそお》ったと？」

「そう考えられんこともあるまい」

遺恨を持つ者の殺しか、喧嘩《けんか》ででもあれば、一心斎に対する責任は軽くなる。象山にすれば、多少世間体は悪くとも、遺恨者の殺しか喧嘩として、お上に訴え出るのが一番いい方法なのかも知れない。

「佐十郎」

象山は、まだ袷を手にしたまま立っている佐十郎に声をかけた。

「ひとっ走《ぱし》りいって、番所に知らせてくれ」

「はッ」

袷を死体のそばに置くと、佐十郎は若者らしい弾《はず》んだ足音を残して、道場を駆けだしていった。

三

定町廻《じょうまち》り同心、朝倉兵庫之助《ひょうごのすけ》が黒羽織の着流しで、細引《ほそびき》の玄蔵《げんぞう》という岡《おか》っ引《ぴき》を連れて、顔をだした。朱房《しゅぶさ》の十手に長脇差《ながわきざし》という粋《いき》な恰好《かっこう》だが、眉毛の薄いのっぺりした顔は、朝だというのに、精彩がない。夜遊びが過ぎたのか、仏を前にして欠伸《あくび》までしている。

朝倉は別名責めの兵庫とも言われ、下手人《げしゅにん》に間違いないと睨《にら》んだらどんなことをしても白状《はか》せる。石抱きでも海老《えび》責めでも平気でやる。盗賊や掏摸《すり》などの悪党連中には、鬼より怖《こわ》い男なのだが、なかなかその気にならないのが欠点である。

「果たし合いで、敗れたとしか、見えんではないか」

象山から一通り事情を聞いた後、朝倉は、十手の先で肩口を叩きながら、欠伸を噛み殺して言った。

「じゃが――」

象山は、朝倉の煮え切らない態度に、苛立《いらだ》ったように言い添えた。

「半造は、比留間一刀流免許の腕じゃ。相手の力量を見抜く目はもっておる。……撓《しない》で仕合うはずはないのじゃ。それに、見るがいい。床に血の跡がないわ」

「うむ……」

言われて、朝倉は大儀そうに屈《かが》んで死体を覗きこんだ。

「やっぱり、仕合って敗れたとしか見えんが」

「旦那《だんな》」

股引《ももひき》姿の玄蔵は、床に視線を落としていたが、

「この仏、やっぱり、ここで殺《や》られたようですぜ」

顔もあげずに言った。

蛙《かえる》のように這《は》いつくばった玄蔵の腰に、丸型十手が差してあり、そばに束ねた細引《ほそびき》がぶらさがっていた。

その細引の先に、熊手のような鈎《かぎ》がついているが、これは、玄蔵が長年の経験から武器として考案したもので、勝手に熊手縄《くまでなわ》と呼んでいる。

すでに五十は過ぎているが、界隈《かいわい》ではかなりの顔で、細引を巧みに使うことから、細引の玄蔵とも呼ばれている。

神田で、「桝屋《ますや》」という小料理屋を女房にやらせ、十手捕縄《とりなわ》を預かって三十年近く経《た》つ。

五年前、女房のお勝《かつ》がはやり病で死んでから、小料理屋の方は他人に任せているが、岡っ引の方はそのまま続けている。

玄蔵には、お勝とのあいだにできた伊助という倅《せがれ》がいた。お勝が死ぬ二年前のことだが、江戸市中を荒していた飯綱《いづな》の又七という盗賊をお縄にしたことがあった。捕方《とりかた》の手を逃げのびた虎造《とらぞう》という子分の一人が逆恨《さかうら》みして、玄蔵の家を襲い、寝ていた伊助の首筋を匕首《あいくち》で刺し殺した。伊助が十二のときである。

玄蔵は一年後に、日傭《ひよう》取《と》りをしながら江戸市中を転々と逃げまわっていた虎造を追いつめ、縄にかけた。虎造は市中引き廻しの上、獄門にかけられた。玄蔵の執念が倅の敵《かたき》を討ったのだ。

伊助が死んでから玄蔵は変わった。滅多に笑わなくなった。下手人はこいつに違いねえ、と睨むと、どこまでも執拗《しつよう》に追いつめ、滅多にとり逃がすようなことはなかった。

その玄蔵が這いつくばって、獲物の臭いを探す猟犬のように、床に視線を巡らせていた。

「何か、証拠でもあるというのか？」

朝倉が訊《き》いた。

「見ておくんなさい、旦那。板の継目《つぎめ》に、わずかに血の跡が残っておりやす。流れ出た血を、拭き取ったに違いありませんぜ」

「ほう……」

朝倉も両手をついて、鼻先をつけるようにして、板の継目を凝視《みつめ》た。

玄蔵のいうとおり、板の継目に黒ずんだ血の跡が微《かす》かに認められた。

「やっぱり、ここで仕合って、敗れたということになるな」

黒羽織の袖のあたりをばたばたと叩きながら、朝倉はまた物憂《ものう》い口調になって言った。

「親分、道場の入口の脇にこんなものが」

そのとき、玄蔵の使っている下っ引の一人、熊吉《くまきち》がぼろ布を鼻先につきだした。

雑巾《ぞうきん》らしい。黒ずんだ血がついている。

「こいつで、床の血を拭いたんだな」

玄蔵が言った。

「確かに、拭き取ったようじゃが、いったい、何のために」

象山が不満そうな顔で訊いた。

「分からぬな。おおかた、神聖な道場を血で汚したくないとでも思ったのだろうよ。……しかし、これでまあ、調べる必要はなくなったわけだな」

血痕が床にある以上、そこで、額を割られたと見ていい。死体の装束から判断しても、何者かと仕合って敗れたと判断するのが妥当だろう。そして、剣客同士の仕合の結果なら、町方《まちかた》のでる幕ではないのだ。

朝倉は、握っていた朱房の十手を腰に差した。羽織の袖口で口を押さえて、大欠伸をすると、玄蔵、いくぞ、と声をかけて歩きだした。

「旦那、ちょっと、待っておくんなさい」

玄蔵は、まだ死体の前に屈み込んでいた。床板の上に投げ出された手を摑《つか》んで、曲げたり伸ばしたりしている。

「何だ、玄蔵、不審な点でもあるというのか？」

朝倉が振り返った。

「いえ、そういうわけじゃあ。……ですが、ちょいと、調べてみてえんで」

「細引の親分の鼻に何か、臭うというのか？」

「いえ、それほどのことじゃあ」

皺の多い猿のような顔には、何の表情もうかばなかった。

「勝手にせい。俺は行くぞ」

「へい」

「玄蔵、何か、つかんだら知らせろ。殺された半造もかなりの遣い手だ。それを一太刀で斃しておる。……熊手縄の遣い手でも、容易な相手ではないぞ」

そう言って兵庫之助は背を向けると、また大欠伸をした。

「殺られたのは、昨夜の四ツ（十時）ごろかな」

死体の手はかなり強張《こわば》って、容易に曲がらない。今でいう死後硬直だが、玄蔵は長年の経験から死体が、三刻《さんとき》（六時間）ほど経つと全身が硬くなってくることを知っていた。

「仏を最初に見つけたのは？」

屈みこんだまま、前に並んだ門弟たちを見上げた。玄蔵は、背が低く痩《や》せている。顔も猿に似て貧相だが、眼光だけは鷹のように鋭い。

「拙者だが……」

若い佐十郎が前に進み出た。

「何刻《なんどき》でしょうか？」

「明六ツ（午前六時）ごろかな」

「仏を動かされましたか？」

「いや、触れてもおらぬ」

佐十郎は不審そうな顔をした。

「ちょいと、拝ませてもらいますよ」

玄蔵はそう言うと、死体の着ている胴着の襟元《えりもと》に手をかけて胸をはだけさせ、腹部まで露《あらわ》にした。そして、胸から脇腹あたりを子細《しさい》に見つめた。

（この死体、誰かが、動かしゃあがったな）

左脇腹から腰にかけて、肌が酒を飲んだときのように赤黒く染まっていた。右脇腹には、それがない。死斑《しはん》だが、玄蔵は、長年死体を見てきた経験から、仏がかなり長時間、左側に傾いたまま何かに寄り掛かったような恰好で置かれていたことを読みとった。

（何者かが忍び込み、死体をうつ伏せに動かしたってことになるが……？）

そう思って見れば、道場着の襟元も乱れていたようだ。

「佐久様」

玄蔵は立ち上がって、象山の方に顔を向けた。

「昨夜、道場で不審な物音に気付かれませんでしたか？」

「いや、住まいとここは離れておる。多少の物音は聞こえぬ」

「さようで……」

塀を飛び越え、内側から潜《くぐ》り戸《ど》を開ければ、夜陰《やいん》に紛れて忍びこむこともできるわけだ。

「玄蔵とやら、離れているとはいえ、気合や木太刀を打ち合うような音なら気付かぬはずはないぞ。半造は、ここで仕合ったのではないわ」

岡っ引風情《ふぜい》に吟味《ぎんみ》されていることに、腹を立てているらしく強い口調で言った。

「……ところで、佐久様、死体が握っている袋撓で、このように頭を打ち割ることが、できましょうか？」

玄蔵は、象山の怒りなど気にもせず、熟練した職人が品物のできばえを吟味するかのように、撓を握った死体の指を一本一本開きながら訊いた。

どの指も、しっかり撓を握りしめたまま硬直しており、死後、握らせたものとは思えなかった。

「怪我《けが》をせぬよう、中は割り竹になっておる。とても無理じゃな」

「剣の達人でも？」

「人並みはずれて膂力《りょりょく》の優れた者が、真っ向幹竹割《からたけわ》りに振り下ろしでもしたのなら、あるいは……」

象山は、まさか、という顔をした。

「佐久さま、お互い、撓で仕合ったのかも知れませぬな」

玄蔵は、死人のはだけた道場着をもとに戻した。

それにしても、床板の血を拭いたり、時をおいて、死体を動かしたのは何のためなのか。

（ただ、仕合って死んだんじゃあねえ……）

殺しの線も念頭において、調べてみる必要がありそうだった。

玄蔵は獲物を追う猟犬のように目を光らせて、立ち上がった。

玄蔵が道場をひきあげると、象山はすぐに門弟を集めた。

「よいか！　このままでは、済まされぬぞ」

象山は、門弟たちの前に仁王立ちになり、激昂《げっこう》して叫んだ。三十人ほどの門弟は皆、端座して頭《こうべ》を垂れている。

「半造どのが、何者かと我が道場で仕合って敗れたとなれば、新当流が敗れたも同じじゃ。一心斎どのにも、言い訳がたたん。なんとしても、相手を探し出し、一門の手で討ち果たすのじゃ」

「し、しかし、相手が判らないことには……」

庄八が顔をあげて、喉を詰まらせながら言った。

「半造の疵《きず》を見るがよい。撓で、額を割られておる。並の腕ではないぞ。探せ。心してあたれば、必ず探し出せるはず。よいな！」

「はッ！」

門弟たちは、眦《まなじり》を決して一斉に起《た》った。

四

玄蔵は湯島に住んでいた。有名な神田明神《みょうじん》から不忍池《しのばずのいけ》の方面に向かうと湯島天《てん》神《じん》があるが、その道筋に玄蔵の家はあった。崖下の小さな家だったが、狭い庭もあり、満開の白梅が仄かな香りを漂《ただよ》わせていた。

「玄《げん》、直二郎様のようだえ」

神田の聖武館からもどって縁側で茶をすすっていると、表の木戸から庭先にまわってきたおらくが、三軒先の家に住む毬谷直二郎がきたことを嗄《しゃが》れ声で告げた。

おらくは、玄蔵より三つ年上で、幼馴染《おさなじ》みである。頬が極端にこけ、浅黒い皺だらけの顔のせいか、狐か鼬《いたち》を思わせる。

握り潰《つぶ》せそうな矮小《わいしょう》な老婆で、五年前女房のお勝が死んでからは、近くの割長屋から勝手に通ってきて、一人住まいの玄蔵の身のまわりの世話をやいていた。

二十年も前に大工の亭主に死なれ、捨吉《すてきち》という飾り職人をしている娘婿《むすめむこ》とも折り合いが悪く長屋に一人住んでいるが、口だけは達者で、いまだに子供のころの呼び方を変えず、玄、玄と呼び捨てにしている。

「おらく、いい日和《ひより》だ。陰気臭え家なんかより、気持がいいだろう。ここへお通ししてくんな」

腰の曲がったおらくに連れられて、直二郎は、白梅の下を頭を垂れて潜《く》った。

「突然、すまないな。ちょっと、聞きたいことがあってな」

そういいながら、おらくが出した座布団《ざぶとん》に腰を落とした。

「実は、あっしの方も、直《なお》さんに、ちょいと、お聞きしてえことがありやしてね……」

おらくが直二郎に茶をすすめ、奥にひっこむのを待って、玄蔵がいった。子供の時分から、直二郎のことを直さんと呼んでいる。

三軒先の毬谷家とは、父親の彦四郎が越してきたときから付合いがあった。慣れない江戸の生活に父子が難儀しているときに、玄蔵の方で面倒を見てやったのがはじめだが、その後、御用の筋で彦四郎の剣の腕を借りることもあって、付合いは密になった。

ここ四、五年、五十を越した彦四郎は、あまり手荒なことはやりたがらなかった。歳《とし》のせいかも知れない。

彦四郎は、江戸に出た当初から糊口《ここう》を凌《しの》ぐために、誠心館の代稽古《だいげいこ》や近所の商家の子弟を集めて読み書きを教えていたが、「論語」の素読《そどく》や手習いを短時間で済ませると、近所の碁仲間のところをまわって時間を潰すことが多くなった。

手習い塾といっても、腕白《わんぱく》ばかり二十人ほどが通う小さなもので、月並銭と称する月謝は百文とかなり安い。学問を習うというより、むしろ、うるさい子供を預かってもらうために通わせているような親が多く、子供の方も平気で休むし、彦四郎の方も都合で、直二郎に教授させたりする。

何とか父子二人で生活できるだけの手当を、誠心館の甚左衛門から得ていたので、手習い塾の方はそれほど身が入らなかったのかも知れない。

ところが、その誠心館の代稽古の方も、直二郎が門弟に稽古をつけられるほどの腕になると、まったく足を運ばなくなってしまった。

彦四郎が家にひきこもるようになると、代わって直二郎が、玄蔵に声をかけられるようになった。もっとも、玄蔵自身もかなりの腕だったし、いざとなれば、捕方の出《で》となるので、直二郎の腕を借りるような事件は滅多になかった。

「めずらしく、御用の筋か?」

「まあ、そんなとこで」

同じ江戸の道場で学ぶ者なら、心当たりがあるかも知れぬ、そう思い、玄蔵は一服したら毬谷家を訪ね、直二郎に聖武館で死んだ比留間半造のことを聞いてみるつもりだったのだ。

「どっちが先に切り出したらいいかね?」

直二郎は茶碗を脇に置いて、玄蔵を見た。

「訪ねてきた直さんの方から」

「そうか。……実はな、神田の聖武館で、門弟が頭を打ち割られて死んだという噂《うわさ》を聞いてな」

「ほう、耳が早《はえ》え。いったい、どこから?」

聖武館から今戻ったところだ。まだ、世間の口端《くちは》にのぼるほどの時間は経っていないはずだ。

「辰《たつ》が、喋《しゃべ》っているのを小耳《こみみ》にはさんでな」

「あんちくしょう、油紙に火がついたみてえに、べらべら喋りゃあがって」

辰というのは、玄蔵が使っている下っ引の辰造のことで、普段は「桝屋」で働いていた。よく動くし人もいいのだが、性分《しょうぶん》のお喋りには手をやいていた。おおかた自分では探索のつもりで、近所に触れ歩いたのだろう。

「辰の話では、その門弟は、眉間を一太刀で砕かれていたということだが、まことか？」

「へい、そりゃあ、見事な太刀筋でしたよ。……殺られたのは、比留間半造」

「比留間一心斎どのご子息か？」

直二郎は、半造が比留間一刀流免許の腕であることを知っていた。その半造を一太刀で斃《たお》したとなるとかなりの遣い手であろう。

「へい」

「殺された半造どのは、袋撓を持っていたということだが、刀疵《きず》ではなく、木太刀だったのか？」

「いえ、それがはっきりしねえんで……。あんがい、袋撓だったかも知れませんぜ」

「ほう」

直二郎の目が光った。撓の一太刀で絶命させるには、よほどの達人か人並み外れた怪力の持ち主でなければ無理なのだ。

「しかし、どうして、直さんが？」

玄蔵は、直二郎がなぜ事件に興味をもったのか不思議だった。直二郎は剣の道一筋という青年剣士である。世間の噂などに振りまわされるような男ではなかった。

「実はな、俺も、その相手と仕合っている」

「なんですって！」

玄蔵の背筋がおもわず伸びた。

「しかも、敗れた」

「まさか、負けた男が、そうやって、ぴんぴんしてるはずはねえでしょう」

「打たれはしなかったがな。あきらかに、俺の負けだ」

「へえ」

「相手が、撓を引いたので助かった」

もし、あのとき黒装束の男に打ち込んでいたら、聖武館の門弟と同じように頭を割られていただろう。それを思うと、直二郎の脇腹に冷たいものが走った。

「直さんに勝ったとなると、相当な腕だな」

「昨夜、四ツごろ、黒装束の男に仕合を所望《しょもう》されてな。……その男、まるで覇気《はき》のない構えで、こちらが打ち込むのを凝《じ》っと待っている。いわば、巣にかかるのを待っている蜘蛛《くも》のようなものだ」

「流派は？」

「見たことも、聞いたこともない」

直二郎は、昨夜の一部始終を玄蔵に語った。

「直さん、確か、昨夜の四ツごろとおっしゃいましたな？」

「言ったが」

「神田の聖武館で殺されたのも、昨夜の四ツごろと思われますんで」

「まことか！」

直二郎は目を瞠いた。

「多少の違いはあったとしても、ほぼ同じ刻限に、神田と本所。仕合うのは、無理ですな。となると……」

「相手は、二人か！」

「そうなりますな」

皺の多い猿《ましら》のような顔だが、目は異様に光っていた。こいつは、他流仕合によるただの殺しじゃあねえ、奥がある。老練な岡っ引はそう嗅ぎとったようだ。

「あれほどの遣い手が、江戸市中に二人おるというのか！」

「そういうことで……」

「それにしても妙だな。何のために、同時に仕合ったのか、見当もつかん」

金品の強奪のためでも、剣名を高めるための他流仕合でもない。相手が得たと思われるものは何もなく、結果的に、比留間半造という剣客が一人死んでいるだけなのだ。

「玄さん」

直二郎が、真剣な眼差《まなざ》しをむけた。

「半造どのが、殺されていたのは、道場内か？」

「へい」

「うむ。……半造どのは聖武館に通いはじめて、まだ、三月ほどだと聞く。道場内で仕合って敗れれば、鹿島新当流の名に傷がつくことを知らぬはずはあるまい。しかも、深夜だという。どうも、腑《ふ》に落ちぬことが多いな」

半造が、直二郎と同じように、深夜一人で道場内で素振りをしていたとは思えないのだ。何か巧妙に仕組まれた陰謀の臭いがする。

「あっしも、そう思いましてね。聖武館の門弟たちに探りをいれたんですが、どいつもこいつも、なぜ、半造が道場にいたか分からぬ、と首をひねるだけでして」

「ただ、仕合って敗れたのではないかも知れぬぞ」

「何か、深い根があるようで……」

玄蔵は遠くを見るように目を細めた。

そのとき、庭先の枝折戸《しおりど》を慌てて開ける音がした。つづいて、忙《せわ》しい草履《ぞうり》の音がしたと思うと、若い男が二人の前に息をきって飛び込んできた。

「ていへんだ！　親分、谷中《やなか》で、もう一人殺られてる」

赤ら顔の若者で、丸い目がくりくり動いていた。尻っぱしょりした着物の裾から、肉づきのいい脛《すね》が二本、ぬっと出ている。

「辰ッ、落着かねえか。分かるようにじっくり話せ」

「へい」

辰造は首筋に伝う汗を袖口でせわしく拭《ぬぐ》った。

「親分、谷中の感応《かんのう》寺の裏の空地《あきち》だそうで。そこで、お侍が、脳天をぶち割られて死んでるってえんで」

「誰から聞いた？」

「熊の兄貴で。駕籠《かご》かきの伝蔵がそばを通って発見《みつけ》たそうで」

「熊はどうした？」

熊吉は、辰造より兄貴分で、もうすぐ三十に手がとどくという男である。

「俺が、八丁堀《はっちょうぼり》の旦那に知らせるから、てめえは、親分のところへつっ走れって
いわれて、とんできたんで」

「朝倉の旦那も、出張《でば》ったてえことか。こうしちゃあ、いられねえ」

玄蔵は立ち上がった。

「玄さん、どういうことだ?」

直二郎も立ち上がって、大小を腰に佩《お》びた。

「相手は、二人じゃなく、三人になるかも知れませんぜ」

「同じ筋か?」

「おそらく……。直さん、行きやしょう」

三人が枝折戸から出ようとしたとき、背後で声がした。

「玄」

おらくが、引戸を開けて顔を出した。巣穴からひょいと顔を出した鼠のように見
える。

「おらく、帰《けえ》っていいぜ。遅くなるかも知れねえ」

「やだな、親分」

辰造が、ひょうげた声をだした。

「婆さん、心配してるんですぜ。生娘《きむすめ》みてえに、親分のことをさ」

「辰ッ!」

おらくの手にしていた箒《ほうき》が、辰造めがけて飛んできた。

辰造はひょいと玄蔵の背後にまわり込んで、身を縮《ちぢ》めた。

「辰ッ、年寄りをからかうんじゃあねえ。めしを食わせてもらえねえぞ」

「へい、へい」

辰造は自分の頭を叩きながら、ぴょんぴょん跳ねるように駆けだした。直二郎と玄蔵は、辰造の後を追った。

五

感応寺の裏手は竹林になっていて、その先は枯草で埋まった空地になっている。一町《ちょう》ほど先に、欅《けやき》の巨木が、葉の落ちた枝を箒のように空に広げ、その樹頂には数羽の烏《からす》がいた。

空地の中央あたりに、十人ほどの人だかりができていた。

道場着に黒袴の侍が四、五人、駕籠かきらしいのが二人、手拭いを被って顔を隠している夜鷹《よたか》らしい女、黒羽織の朝倉の顔もある。

「玄蔵、こうなると、すててはおけんな」

朝とはだいぶ違う。朝倉兵庫之助ののっぺりした顔が、めずらしく緊張している。何か、異常な臭いを嗅ぎとったようだ。

「やはり、頭を一太刀に？」

直二郎が訊いた。

「そこもとは、直心影流の毬谷どのでしたかな？」

朝倉が直二郎の方を向いた。

「誠心館門弟、毬谷直二郎と申す者です。お見知りおきを」

直二郎は朝倉に頭を下げた。

玄蔵が、朝倉の手先を務めていたことは知っていたし、何度か玄蔵を連れて歩いている姿を見かけたこともある。こっちのことも、玄蔵を通して伝わっているらしく、それ以上詮索《せんさく》するつもりはないようだった。

「直さん、聖武館とまったく同じ太刀筋のようで……」

屈みこんで死体を見ながら、玄蔵がいった。

「眉間を一太刀で割られておる。木太刀だな」

朝倉がいい添えた。

死体は、まだ二十代前半の若侍だった。木綿《もめん》の絣《かすり》の着物に、黒っぽい袴、こざっぱりとした身形《みなり》からして、武者修行者や流浪《るろう》の者でないことは知れる。

「履《は》いていた雪駄《せった》を脱いでおるし、股立をとっているところを見ると、襲われたものではない。何者かと、仕合ったのだな」

朝倉がいった。

「それにしても、鎖鎌《くさりがま》とはめずらしい」

甃れている若侍が手にしているのは、刀でも槍《やり》でもない。嘴《くちばし》のように刃の曲がった鎌である。

鎌の柄《え》に三尺ほどの鎖がついていて、その先に分銅《ふんどう》がある。

江戸には、剣法だけでなく、槍、薙刀《なぎなた》、鎖鎌、弓、杖術《じょうじゅつ》……、あるいは総合武術を教える道場があり、鎖鎌がどんなものか、直二郎も知っていた。

「妙に短い鎖だな」

三尺の鎖の長さでは、片手に鎌を持ち、片手で鎖を振りまわして、相手の刀に絡《から》めるという戦法がとれないはずだ。

「心鏡《しんきょう》流草鎌《くさがま》じゃ……」

道場着の集団の中央にいた老爺《ろうや》が、進みでた。髪に白いものの目立つ武士は、気が昂《たか》ぶっているらしく土色の唇をわなわなと震わせた。筒袖に軽衫《かるさん》。つぶれた低い鼻梁《びりょう》に、細い目、職人のような面貌《かお》の男だった。

背後にいる顔をこわばらせた男たちは門弟なのだろう。

「おてまえは？」

「この近くで、道場を開いておる山上宗源《やまがみそうげん》と申す者じゃ」

「今、草鎌とおおせられたようだが？」

「いかにも、当流は、鎖鎌ではなく、草鎌と称す」

五代将軍綱吉《つなよし》のころ、山根左五右衛門《さごえもん》という剣客が創始したもので、加賀《かが》藩に伝承され、藩の武学校「経武《けいぶ》館」において藩士に学ばせてきた流派だという。

「拙者は加賀にて当流を学び、免許皆伝を得た後、江戸に出、当地にて道場を開いておる」

「ふつうの鎖鎌より、鎖が短いようですが？」

直二郎は剣を学ぶ者だけあって、その短い鎖でどうやって敵と闘うのか興味をもった。

「左様、当流では、右手に鎌の柄を持ち、柄を振りまわしながら、分銅を連続してくりだすのじゃ。……鎖が短いため、剣に対してぎりぎりの間合をとらねばならん。恐れず、相手の懐に飛び込み、残っている左手で取り押さえるのじゃ」

「鎌で首を掻《か》くのではなく、捕縛《ほばく》術？」

「左様、敵を傷付けずに捕らえる。この活殺《かっさつ》自在の術が、我が心鏡流の極意じゃが、体術といった方が相応《ふさわ》しいかも知れんな」

「入り身《いみ》の術か……」

直二郎は考え込むように腕を組んだ。

「して、この者は？」

脇で、朝倉が十手の先を死体にむけて訊いた。

「三月ほど前、入門した比留間市之丞《いちのじょう》じゃが」

朝倉の顔に驚きがうかんだ。

「比留間と申されたか……。すると、小石川の比留間一心斎殿のご子息か？」

「いかにも、一心斎殿よりお預かりしたご子息じゃが」

「とすると、剣の腕も？」

直二郎が訊いた。

「比留間一刀流免許の腕じゃ」

「それほどの達者を、一太刀で斃しておる。やはり、同じ筋か……」

直二郎の呟《つぶや》きを、朝倉が聞きとがめた。

「同じ筋とは？」

「実は、旦那」

かわりに玄蔵が、昨夜四ツごろ、直二郎が黒装束の謎の男に仕合を挑まれたことをかいつまんで話した。

「とすると、その者が、直二郎どのと仕合った後、神田の聖武館で比留間半造をうち斃し、次にここへきて、市之丞を破ったということか？」

「それがどうも違うようなんで」

「玄蔵、どういうことだ？」

「直さんが、仕合ったのが昨夜の四ツごろ、神田の聖武館で半造がやられたのも四ツ。そして、このお侍が息をひきとったのも、おおよそ昨夜の四ツごろではないかと」

玄蔵がいった。

「なんと、すると、みな同じ刻限だというのか」

「へい」

「玄蔵、それぞれ四ツごろというのは確かなのか？」

「旦那、この仏を触ってみておくんなさい。指の先まで、硬くなっちまってる。間違いなく、半日以上経っておりやす。詳しい時刻《とき》は判りませんが、違っても、一刻ほどの差だと思いやす」

玄蔵は屈みこんで、死体の指先を抓《つま》んで関節を曲げて見せた。

「なるほど、今、巳《み》の刻（午前十時）あたりだから、半日というと、ちょうど夜四ツ（午後十時）ごろという勘定になるな」

「……本所、神田、谷中と、ほぼ同じ刻限に、三人の者が、それぞれ仕合を挑まれたことになるわけでして」

玄蔵が二人の男を見上げた。

「しかも、同じ剣法を遣う凄腕《すごうで》の男だ」

直二郎がつけ足した。

三人の男は一瞬顔を見合わせて、言葉を呑んだ。ただごとではない。剣客の他流仕合や個人の遺恨仕合などとは次元が違う。奇妙な剣を操る流派の門人か、特別な訓練を積んだ軍団かが、組織的に動きだしたとみていい。

「直二郎どの、何か、心当たりは？」

朝倉が、困惑の表情をうかべて訊いた。

「それが、かいもく……」

直二郎自身、謎の組織に狙われるような覚えはまったくなかった。第一、殺すのが目的なら袋撓などで、仕合を挑みはしないだろうと思うのだ。

「それに、もう一つ。……これを見ておくんなさい」

玄蔵が、死体のそばの地面を指差した。

「枯草があって目立たねえが、ところどころ地面をひっかいたような跡がある」

「どういうことだ？」

「飛び散った血を削りとったんじゃあねえかと」

「玄蔵、確か、聖武館では床板の血を拭きとっていたな」

朝倉が声を大きくした。

「へい、いってえ、どういう狙いなのか。飛び散った血をきれいに始末してるようで」

「何か、意味があってしたことだろうな」

直二郎には、見当もつかなかった。

そのとき、山上宗源が憤《ふん》怒《ぬ》で顔を赤くして口を挟んだ。

「わ、わしにも、合点《がてん》のいかぬことがあるぞ」

「と、申されると？」

「なぜ、当流で仕合ったか合点がいかぬ。市之丞は草鎌を手にしてまだ三月じゃ。鎌の振り方も身につけてはおらん。仕合うなら、同じ木太刀で、一刀流を遣うはずじゃ」

「確かに」

宗源のいう通りだった。負ければ、心鏡流草鎌の名に傷がつく。半造が聖武館の道場で仕合ったのも同じ結果を生んでいる。負ける恐れがあれば、流派の名を貶《おとし》めるような場所と方法は避けるはずだった。

二人とも、直二郎と同じように軽い稽古のつもりで向かいあったのではないのか。相手の持っていた袋撓が、そう思わせたに違いない。

ところが、死人のように気配さえない構えから、頭蓋を砕く凄まじい一打がくりだされたのだ。

「どのような訳があれ、市之丞が草鎌で仕合ったのは間違いないことじゃ。このままでは、我が心鏡流の面目はたたぬぞ。何としても、相手を探しだせ。よいな！」

宗源は顔を赤くして背後の門弟たちを振り返り、嗄れ声をふりしぼった。

第二章　無住心剣流《むじゅうしんけん》

一

ギィ、という庭先の木戸を押す音がし、軽い下駄の音がしたと思うと、すぐに玄関先から若い女の声が聞こえた。

「もし、……直二郎《なおじろう》様はご在宅でしょうか」

ゆいの声だ。

居間で寝転んでいた直二郎は、はね起きた。

髪を短く切り、ぼんのくぼあたりで無造作に結んでいる。薄紫の小袖に小倉《こくら》袴《ばかま》。相変わらずの男装だが、女であることを隠しきれないほんのりとした桜色の頬《ほお》が、今日は、こころなし蒼《あお》ざめ、緊張にこわばっている。ゆいは、切れ長の目で訴えるように直二郎を見た。

「ゆいどの、いかがいたした?」

父彦四郎は、朝から碁敵《ごがたき》の家に出かけていた。近くの長屋に住むおしまという樽《たる》のように太った女が、父子の日常の世話をやいてくれているのだが、あいにく使いに出ていた。

男一人の部屋にゆいをあげるわけにはいかなかった。

「お聞きしたいことが……」

ゆいも直二郎が一人でいることを敏感に感じとったらしく、距離を置いたまま敷居を跨《また》ごうとはしなかった。

「拙者《せっしゃ》一人ゆえ、茶も出せぬが」

直二郎は慌てて玄関を出ると、先にたって庭にまわった。相手が妙齢の女だと、変に意識してしまって、振舞いがぎこちない。

庭といってもわずかな植込みがあるだけで、竹垣を透《す》かして通りも見える。何か、淫靡《いんび》なことを想像するのが、馬鹿げているほどからりと明るく晴れていた。

「一昨日の夜、道場で何者かと仕合ったと、噂《うわさ》に聞きましたが」

「い、いや……」

直二郎は、顔をこわばらせて口籠《くちご》もった。今更《いまさら》、道場に侵入した曲者《くせもの》と仕合って敗れたなどとはいいづらかった。

「同じ夜に、神田《かんだ》と谷中《やなか》で、眉間《みけん》を割られた武芸者がいたという噂を耳にいたしました」

ゆいは、直二郎の気持など知らぬげに訊《き》いた。

「いかにも、二人とも上段からの一太刀《ひとたち》で」

「上段！」

ゆいの顔がこわばった。

「何者なのか、仕合った相手の正体は知れぬが」

「その者は恐ろしい夜叉《やしゃ》のような男で、人の目には見えない魔剣を遣《つか》うとか？」

「魔剣！」

直二郎は、声を大きくした。

喧嘩《けんか》、辻斬り、武芸者の果たし合い、そんなことには慣れっこになっている江戸っ子も、比留間《ひるま》一心斎《いっしんさい》の子息二人が同夜に一太刀で斃《たお》され、しかも相手が判《わか》らないとなると、いやでも興味をそそられる。詮索《せんさく》好きの江戸っ子のかっこうの話題になり、興味本意に肉付けされた噂がまたたく間に伝播《でんぱ》したものとみえる。多少尾鰭《おひれ》のついた噂が、ゆいの耳にも届いたのだろう。

「直二郎様――」

ゆいは触れていた松の幹から手を離し、二、三歩近寄った。

「その者のとった構えを、ゆいに見せてはくださいませぬか」

ゆいは真剣だった。興味本位できたのではないことは、顔を見たときから感じていた。

「構わぬが……」

剣の心得のあるゆいが、夜叉や魔剣などという噂を信ずるはずはない。ゆいが真剣になる理由は、別のことにあるはずだった。

直二郎が覗《のぞ》くようにゆいの眸《め》を見ると、

「今は何も聞かずに、お見せくだされ」

と、悲愴《ひそう》な顔つきでいう。

「承知した」

直二郎は家に戻り、木太刀を手にしてゆいの前に立った。

「はたして、同様な構えがとれるか、どうか……」

構えを似せるだけなら簡単だが、闘気を断ち、気配さえ消さなければならない。

直二郎は、右手だけの上段に構えをとり、あの夜と同じように虚空《こくう》を頭に描いた。全身の力を抜き、剣を持っていることも意識から断とうとした。

瞬時にゆいの顔色が変わった。白蠟《はくろう》のように血の気がひき、瞠目《どうもく》したまま、二、三歩よろよろと後退した。

「いかがいたした！」

直二郎は構えを崩し、近寄った。

「だいじょうぶです……」

ゆいは松の幹に手を添え体を支えるようにして、視線を落とした。顔が蒼ざめている。

「ご気分でも、悪くされたか」

「い、いいえ、何でもございませぬ。……直二郎様」

キッとした表情で、ゆいは顔をあげた。

「このことは、お忘れいただけませぬか。道場で仕合われたことも、比留間道場の二人が斃されたことも、直二郎様の胸のうちにしまわれ、お忘れいただきたいのです」

「しかし、なにゆえに？」

ゆいは直二郎のとった構えで、何かを確認したようだ。一連の出来事に何か関わりを持っているのだろう。

「今は、何も話すことができませぬ。……どうか、ゆいの願いを聞いてくださいませ」

「しかし」

ゆいは何かを恐れているように見えた。恐れているなら、よけい放ってはおけぬ、と思った。

「お願いでございます」

ゆいは、松の根元に膝を折って、頭を下げた。思い詰めたように硬い表情をしていた。

「ゆいどのが、それほどに申されるなら……」

「かたじけない」

ゆいは男のような口調で言った。

直二郎は、ゆいを起こしてやろうと伸ばした手を慌ててひっこめて、

「も、もし、ゆいどのの身に、危害が及ぶような事態になったときは、思い出すかも知れませぬ。……それで、よろしいな」

ひっこめた手で顎《あご》のあたりをしきりに撫《な》ぜた。顎のあたりを撫ぜるのは、照れたときの癖らしい。

「直二郎様……」

ゆいの白蠟のような顔に赤みがさし、直二郎に微笑《わらい》かけたが、その思いをふっきるように頭を下げると、くるりと背を向けた。

ゆいは背筋をしゃんと伸ばし、男のように肩を振りながら、入ってきた木戸を押して通りに出ていった。春の陽射《ひざ》しを浴びて、束ねた黒髪が左右に揺れながら光っ

た。

「まったく、じれったくて見ちゃあ、いられねえや」

植込みの陰で、子供の声がした。

見ると、手習い塾に通ってくる文太《ぶんた》である。もっとも、文太は、滅多に塾には顔を出さない。十歳になる近くの裏店《うらだな》に住む魚屋の倅《せがれ》だが、手習いに行くといって家を出るが、近所のひねた仲間を集めて遊び歩いていることが多い。

彦四郎などは、文太がこないとせいせいするといって、構いもしないが、直二郎は、町角で見かけたりすれば、声をかける。

泥だらけの顔をして目ばかり光らせている腕白《わんぱく》小僧だが、なぜか直二郎は憎めなかった。

「おいらなら、手ぐれえ握るぜ」

文太は植込みの陰から飛び出した。どうやら、ゆいとのやりとりを見ていたようだ。

「ブン、手習いはどうした」

「手習《てなれ》えは、おいらの性分《しょうぶん》にあわねえ」

「生意気なことを言うな。手紙ぐらい書けないと、大人《おとな》になって笑われるぞ」

「おいら、魚屋になるからいいんだ。それより、若師匠、おいらが、仲を取り持ってやってもいいんだぜえ」

文太は、ニヤニヤしながら植込みから出てきた。どうやら、ゆいとの関係を勘ぐっているようだ。

「ブン、ガキのくせに、ませたことを言うとひっぱたくぞ」

直二郎は、木太刀を振り上げた。

「チョッ、待ってくれよ。若師匠の剣術には、かなわねえや」

文太は跳び退くと、ちょいと着物の裾《すそ》を捲《まく》って尻を出し、ピシャリと叩いてスルリと竹垣の隙間から姿を消した。通りから草履《ぞうり》をパタパタさせて駆けていく音がしたが、それもすぐに聞こえなくなった。何とも逃げ足が速い。直二郎は振り上げた木太刀を下ろして、目を細めた。

二

玄蔵は、配下の下っ引を動員して、谷中と神田周辺を洗わせていた。十七日の夜四ツごろ、怪しい者を見かけなかったか、探らせたのだが、仕合っているところはもちろん、武芸者らしき者を見たという話もなかった。

ただ、神田近くの火の番が、駕籠《かご》を先導する深編笠の浪人ふうの男と擦《す》れ違った、という話を聞いた。ひどく慌てていたというし、四ツ半という時間も、事件と何か関わりがありそうだったが、浪人の身元も、駕籠がどこへ向かったのかもつかめなかった。

　次に玄蔵は、小石川の比留間道場にさぐりを入れてみることにした。

　十七日の夜四ツごろ何者かに、直二郎、比留間半造《はんぞう》、市之丞《いちのじょう》の三人が勝負を挑まれたらしいのだが、結果的に死んだのは、半造と市之丞の兄弟である。共通していることは、二人とも比留間一刀流免許の腕でありながら他流の門人だったことだ。

　現場の様子は、二人が他流の者と仕合って敗れたように見えるが、玄蔵の勘にひっかかるものがあった。半造の死体は、死後何者かの手で動かされていた。それに、死体から流れ出たはずの血を始末していることも腑《ふ》に落ちない。

（仕合に見せかけた殺しかも知れねえ……）

　殺しにしても、尋常《じんじよう》な殺しではない。直二郎は難を逃れたが、同時刻に、三場所で、しかも同じ方法で殺しが実行されるところだったのだ。

（かならず、裏に大仕掛けがある）

　その鍵を握っているのが、比留間道場だと玄蔵はふんだのである。

　まず、玄蔵は比留間家に仕《つか》えている弥吉《やきち》という中間《ちゆうげん》に目をつけた。口の軽そうな男で、近くの一膳めし屋によく顔をだす。

玄蔵は言葉巧みに近付くと、酒を餌に話を切りだした。

「弥吉ッつぁん、なにかい。比留間道場じゃあ、長谷川道場の門弟の誰かに、闇討ちに遭ったたって話してるのかい？」

酒を注ぎながら、玄蔵が驚いたような顔をしてみせた。

「おうよ。間違いねえぜ。ありゃあ、闇打ちだあな」

「それで、その長谷川道場てえのは、どこにあるんだい？」

「それがよ。比留間道場と、半里と離れちゃあいねえんだぜ」

「ほう……」

話によると、同じ小石川に神道無念《しんとうむねん》流を教える長谷川道場というのがあるようだ。道場主は長谷川嘉平《かへい》。すでに六十を過ぎている老人だという。門弟は四、五十人だというから比留間道場とは比較にならない小道場なのだろう。しかも、名のある大名の家臣や高禄の旗本の子弟はおらず、下級武士や商家の次男、三男が遊び半分で通っているとのことだ。

「半造様も市之丞様も比留間道場じゃあ、五本の指に入る遣い手だあな。それを一太刀、しかもよ、二人同時ときちゃあ、ただの仕合じゃねえ。……恨《うら》みを抱《いだ》いている長谷川嘉平が、一門の者に命じて、闇打ちをかけたに違いねえっていってるぜ」

熟柿《じゅくし》のように顔を赤黒くして、弥吉は得意になって喋《しゃべ》った。

「その長谷川嘉平ってえのは、なんで、そんなに恨んでるんだい？」

「三年ほど前《めえ》になるが、そのころは、長谷川道場にも千人から門弟がいてな、どっちが強《つえ》えか、はりあっていたわけよ。……門弟同士のいがみあいがきっかけで、二人で勝負をつけることになったわけだ」

「それで？」

何年か前、玄蔵もそんな噂を聞いたことがあったのを思い出した。この男の言ってることは、嘘ではないようだ。

そのとき、つつーと垂れてきた鼻水を弥吉はぐいと拭《ぬぐ》って、

「勝負は、一太刀！　あっという間に、一心斎先生が、勝っちまったあな」

言い終わって一気に茶碗酒を干すと、顎をつきだして自分が勝ったような面《つら》をした。

「それから、どうしたい？」

「それからよ、嘉平の方は、崖を転げ落ちるような按配《あんばい》よ。一月《ひとつき》もしねえうちに、長谷川道場の門弟のほとんどが、比留間道場に移っちまったのよ」

「しかし、おかしいな」

玄蔵は徳利を持った手を空《くう》でとめて、思案するように首をひねった。

「何がよ」

「だってよ。闇討ちとはいえ、そんなちっぽけな道場に、比留間道場の五本の指にはいるような凄腕《すごうで》を、一太刀で負かすような門弟がいるのかい？　しかも、一人じゃあねえ。三人だぜ」

「それよ。嘉平には、江戸に道場を開く前から、三人の内弟子がいてな。これが、なかなかの遣い手だそうだぜ。しかもよ」

ぺろっと唇のまわりを舌で舐《な》めて、空《から》の茶碗を玄蔵の鼻先につき出した。とくとくと注《つ》がれる酒に目を細めていたが、急に声を落として、

「しかもよ、大きな声じゃあ言えねえが、三人とも、上段からの面打ちが得意だということだぜ」

「なるほど……」

額の疵《きず》は、上段からの面でできたものと考えられていた。これだけ条件がそろえば、長谷川道場側が疑われても仕方がないだろう。

「それで、その三人の門弟の名は？」

「鬼よ」

「鬼！」

「幻鬼《げんき》に水鬼《すいき》に猿鬼《えんき》。みんな鬼がつく」

「奇妙な名だな」

「本当の名は、誰にもわからねえんだそうだ。鬼みてえに強えんで、そんな名がついたらしい……」

弥吉は、酒をあおった。

「今も、その三人は長谷川道場にいるのかい？」

「幻鬼というやつはいるらしいが、あとは分からねえ」

「そうかい」

玄蔵は、三人の居場所を探ってみる必要があると思った。

上段が得意な凄腕が三人、しかも、比留間道場に恨みを持っているとすれば、誰が考えても怪しいと思うだろう。

なかなか腰を上げようとしない弥吉の前に徳利を一本立てて、玄蔵は店を出た。

それ以上、弥吉から聞きだすことはなかった。

茜《あかね》色の空に黒雲が、ゆっくりと流れている。江戸の町は暮色《ぼしょく》につつまれはじめていた。冷たい風が、首筋を切るように過ぎていく。玄蔵は、襟元《えりもと》を合わせて足を速めた。

三

それから半刻《はんとき》（一時間）の後、玄蔵は長谷川道場から出てきた年配の下級武士らしい二人の男の跡を尾《つ》けていた。稽古を終えて出てきたらしく、腰の大小とは別に木太刀の入っている剣袋を携《たずさ》えている。

年配の武士に目をつけたのは、この寒空だ、途中一杯ひっかけにいくに違いない、とふんだからだ。

玄蔵は、半町ほどの間をおいて、塀の角や天水桶《てんすいおけ》などにうまく身を隠して尾けていく。

水戸家下屋敷の裏手、伝通院《でんづういん》の小高い山が右手前方に見える寂《さび》しい通りにさしかかったとき、前方を行く二人の足がふいにとまった。

と、松林の中から、五、六人の侍らしき一団が、ばらばらと駆け寄ってきて、二人を取り囲むのが見えた。どの顔も若い。十七、八だろうか、なかに前髪立ちの少年も交じっている。皆、袴の股立《ももだち》をとり、蒼ざめた顔で、眦《まなじり》を決している。ただごとではない。

玄蔵はさっと松の幹に身を隠し、樹幹を縫《ぬ》うようにして走り寄った。

二人の侍は、木太刀を手にした一団に背中合わせで対峙《たいじ》していた。

「お手前がたは！」

刀の柄《つか》に手をかけたまま年配の武士が叫んだ。声がうわずっている。

「我ら、比留間道場の者！」

「何用か」

「我らは、半造どのと市之丞どのに闇討ちをかけた下手人《げしゅにん》を探している。ありていに話してもらおう」

中央の首謀者格らしい若侍が、居丈高《いたけだか》にいいはなった。

「し、知らぬ」

「知らぬはずはない。我らは、長谷川道場三鬼、幻鬼、水鬼、猿鬼の仕業《しわざ》と睨《にら》んでいる。相違あるまい」

「我らが道場は、関わりなきこと、道を開けられい」

年配の武士は、刀の柄に手をかけたまま、一歩前に出た。威勢がいいが怯《おび》えているらしく、その手がぶるぶると震えている。

「あくまでしらを切るつもりなら、おぬしの体に聞くことになるぞ」

「し、知らぬことは、喋れぬわ」

「やむをえん。やれッ！」

首謀者格の若侍が、右手をあげた。囲んでいた一団は、さっと間合をとり、持っていた木太刀を青眼《せいがん》や上段に構えた。

多勢に無勢《ぶぜい》、年配の武士はこのままではかなわぬと思ったのか、あるいは少年たちを威《おど》すつもりだったのか、持っていた木太刀を一団に向かって投げつけると、蒼ざめた顔で抜刀した。

「なに！　我らに真剣で立ち合うというのか」

みるみる首謀者格の若侍の顔が、怒気《どき》で赤くなり、

「ならば、容赦《ようしゃ》はせぬぞ！」

と言い放ち、木太刀を捨てて真剣を抜いた。他の少年たちもひき攣《つ》った顔で、次々に抜刀した。

皓々《こうこう》と輝く盈月《えいげつ》の下で、幾つもの白刃《はくじん》が魚鱗《ぎょりん》のように光ったが、弧を描かない。カチカチと切っ先の触れ合う音はするが、双方ともなかなか斬り込めないでいる。おそらく、真剣で斬り合ったことがないのであろう。双方とも顔が蒼ざめ腰が引けてしまって動きがとれない。ハアハアと荒い息だけが、薄闇の中で弾《はず》んでいる。

それでも、囲んだ一団は優位にたち、じりじりと間合をつめはじめていた。

イエエッ！

首謀者格の若侍が、悲鳴のような気合と同時に、チャリンと対峙した武士の刀を

払った。逃げ腰の相手が、ビクッとして身を引くのにあわせて小手《こて》に踏みこむと、刃先が手の甲をかすめた。

ウワッという呻《うめ》き。

手の甲の動脈を切ったらしく血が噴いた。切られた武士は首筋に己の血を浴び、窮鼠《きゆうそ》のように両眼をひき攣《つ》らせ、絶叫しながら、白刃をしゃにむに振りまわし始めた。

少年たちは、腕だけ突き出す恰好で、必死に応戦している。

(まずい！　死人がでる)

玄蔵はそう思うと同時に、腰から熊手縄をとりだした。細引《ほそびき》の縄の端を口にくわえて引くと、縄は簡単に解《ほど》けた。玄蔵は、右手で熊手を二、三度振りまわし、逆上している男の手元をめがけて投げた。

細引が、刀を握って突き出した武士の両腕に絡《から》まり、熊手が、手首あたりに食いこんだ。同時に、玄蔵が細引をぐいと引くと、アッ！　という悲鳴を発して、刀をとり落とした。本来なら熊手の鈎《かぎ》が相手の肩口に食い込んで、引き倒すのだが、手首を狙い、しかも加減して引いたからかすかに血が滲《にじ》んでいる程度だ。

「待っておくんなせえ」

玄蔵は、猫を思わせるような迅《はや》い身のこなしで、一団の中におどりこんだ。

「何者だ！」

「玄蔵という岡っ引で」

そういいながら、玄蔵は武士の腕に絡まった細引を解いた。武士は驚愕《きょうがく》の表情をうかべたまま、足下の刀を拾いあげた。

「町方《まちかた》の出る幕ではないぞ」

首謀者格の若侍は、両眼をギラギラさせて切っ先を玄蔵に向けた。

「これ以上やるとおっしゃるなら、お相手いたしやすが」

玄蔵は左手で十手を突き出すように構え、右手で、熊手をヒュン、ヒュンとまわし始めた。

たかが岡っ引風情《ふぜい》が、と侮《あなど》ったらしく若侍は、無造作に振り被り、斬り下ろそうとした。その瞬間、黒い熊手が、まっすぐ若侍の顔をめがけて飛んだ。

ガキッ、と振り下ろされた刀身を十手の鈎で押さえた音がし、火花が闇に散った。ウッという呻き声を発して若侍が前にのめるのと、玄蔵が背後に飛ぶのと同時だった。

一瞬の出来事だった。

若侍は、蹲《うずくま》ったまま起き上がれなかった。額に、熊手の形に血が滲んでいる。

玄蔵の投げた熊手が当たったのだ。命に別状はないが、強い衝撃で軽い脳震盪《のうしんとう》でも起こしたらしい。

「次は、どなたで」

玄蔵は前に居ならぶ少年たちにむかって、熊手をまわし始めた。

少年たちの白刃が揺れた。奇妙な闖入者《ちんにゅうしゃ》の神技に、度胆《どぎも》を抜かれ戦意を失っている。

「ひ、引け！」

一人が叫ぶと、倒れた男を両脇に抱えるようにして、少年たちは走り去った。

「すまねえ。こうするより他に、騒ぎを収める方法がなかったもんで」

玄蔵は、手首を押さえている男に、熊手を投げたことを詫びた。

年配の武士が籠手《こて》を斬られる前に、飛び込んでいれば、熊手を投げる必要はなかったのだが、玄蔵も長谷川道場の門弟たちが、どう応《こた》えるか見たかったので出遅れたのだ。もちろん、そのことは黙っていた。

「まことに、かたじけない。おぬしが、飛び込んでくれなかったら、我ら二人、あやつらに斬り殺されていたろう」

男は手の甲に、懐紙《かいし》を当てながら言った。

「血気に逸《はや》っていたようで」

「若い者は、思い込むと一途《いちず》だからな」

もう一人も、刀を納めると、袴の埃《ほこり》を叩いた。

「それにしても、とんだ言いがかりのようで」

玄蔵はもう少し聞きたいと思って、水を向けてみた。

「いかにも、比留間道場側の勝手な言いがかりだ。第一な……」

二人は歩きだした。玄蔵も並んで歩く。

「長谷川嘉平先生だがな、比留間兄弟が殺されたという十七日の夜は、風邪《かぜ》で高熱をだし、床《とこ》に伏せっておられたということだ。それに、幻鬼どのはな、大きな声ではいえぬが、伝通院のそばに『笹のや』という水茶屋があってな、そこのおかねという女と、しっぽりだったそうだよ。……どうやったら、同じ夜の四ツに三つの場所で立ち合えると思う。これは、比留間道場側の言いがかりとみていいな」

「長谷川道場には、水鬼、猿鬼というお人も、おられるとか？」

「二人は、三年前旅に出たきりだ。まったく、行方《ゆくえ》が分からぬ」

「もどられた様子は？」

「ない。……名もない剣客と仕合って敗れたのを隠すために、当道場の闇討ちを受けたなどと言いふらしておるのだろう。姑息《こそく》なやつらよ」

「なるほど、比留間道場にすれば、無名の武芸者に、免許皆伝の者が同時に二人、しかも一太刀で斃されたとあっては、面目はまる潰れでしょうからな」

玄蔵は二人に話を合わせた。それにしても、この門弟のいうことが事実なら、長谷川道場側の陰謀ではないことになるが、問題は水鬼と猿鬼が本当に旅に出たままもどっていないかどうかだ。

「一心斎どのもな、必死なのよ。江戸市中に噂が広まれば、比留間道場の名声も地に落ちるからな。……とくに、一人残った嫡男《ちゃくなん》の右近《うこん》は、仕合った相手を見付けだして敵《かたき》を討つとやっきになっているということだ」

「その右近というお人は？」

「一心斎どのの嫡男で、すでに、道場の方は継いでいる」

「なるほど……」

道場主である右近にとっては、面目を失うだけの問題ではないはずだ。名が落ちれば、門弟が去る。長谷川道場の零落《れいらく》ぶりを目《ま》のあたりにしているから、よけい必死になるのだろう。

玄蔵は、伝通院の表門の前で、長谷川道場の二人の門弟と別れた。

「笹のや」のおかねという女に会って、門弟の話を確かめてみようと思ったのだ。

おかねは、三十ちかい年増《としま》で、首筋の白粉《おしろい》がなじまない色の浅黒い女だった。狐のような細い目で、探るように玄蔵を見た。ただの客ではないと見てとったようだ。

「俺は、岡っ引の玄蔵ってえんだ」

玄蔵は隠さずに名乗った。

「岡っ引が何の用だい」

拗《す》ねたような口のききかたをした。

「長谷川道場の幻鬼ってえ、お侍は、おめえさんの馴染《なじ》みかい？」

「ときどき来るけど、ただの客だよ」

「十七日の夜だが、ここに来たかい？」

「ああ、来たよ。……あたしも、一杯もらうよ」

玄蔵に酒を注ぎ、自分でも飲みながら、なげやりな口調で応える。

「どんな様子だったたい？」

「あの夜はさ、無理やり酔わせて、もう、しつっこいんだから」

痴態《ちたい》を思い出したのか、卑猥《ひわい》な嗤《わら》いを口許《くちもと》にうかべた。

「なん刻《どき》ごろまで、一緒だったたい？」

「四ツ、ちょっと前までかな」

「ほう。しつっこいわりには、早《はえ》え帰りだな」

四ツ前に出たのなら、本所、神田、谷中のどこかへいった可能性はある。

「あいつさ、剣術《やっとう》の仕合にいったんだよ。……あたしにゃあ、わかるんだよ。仕合の前になると体が熱くなるんだろうね。獣《けだもの》みたいに、むしゃぶりついてくるんだ。……自分でもいってた、仕合の前は、むしょうに女が欲しくなってどうしようもないってさ。それに、犬みてえに這いつくばって、どこでもかまわず嚙みゃあがるんだ」

おかねははだけた襦袢《じゅばん》の上から、痩せた指で胸を押さえた。乳首でも嚙まれたのか。話の感じからすると、常人とは異なる偏執《へんしつ》的な性向があるらしい。

「そいつぁご難だったな。で、どこへ行くといってたい？」

「訊かなかったよ。訊いても、話しゃあしないけどね」

「………」

「あの人が、どうかしたのかい？」

おかねの顔が曇った。はすっ葉《ぱ》な物言いだが、寄せた眉根《まゆね》には、男の身を案じている表情があった。おかねの方に、女としての思い入れがあるようだ。

「どうもしねえ。ちょっと、確かめてえことがあっただけなんだ。忘れてくんな」

酒を二本だけ呑んで、玄蔵は立ち上がった。

「おや、もう帰っちまうのかい」

おかねは、意外だ、という顔をした。もう少し問い詰められるとでも思ったのだろう。

「また寄らせてもらうぜ」

玄蔵は女の手に小粒銀を握らせて、「笹のや」を出た。

幻鬼が「笹のや」を出た後、本所、神田、谷中のどこかで仕合った可能性は強いと思った。

（とすれば、あと、二人ってことになるが……）

長谷川道場の他の門弟のなかに、比留間兄弟を一太刀で斃せるほどの凄腕はいないはずだった。

（やはり、水鬼と猿鬼ってえことになるなあ）

玄蔵は考えこみながら、月夜の道を長い影をひいて歩いた。

四

ゆいと会った翌朝、直二郎は朝稽古に誠心《せいしん》館に向かった。表門の前で、中間《ちゅうげん》の弥八が待っていた。弥八は西尾家に先代から仕える男で、すでに六十を過ぎ、腰もだいぶ曲がっていた。無口で、のそっとした動きは、死期の迫った老犬を思わせる。

で従った。
それだけいうと、直二郎の返事も聞かずに、潜《くぐ》り戸《ど》に身を屈《かが》めた。直二郎も無言
甚左衛門が、早朝から直二郎を屋敷内に呼びつけることなど、いまだかつてなか
ったことだ。
居間に通されると、甚左衛門がすぐに入ってきた。黒っぽい木綿《もめん》の着物に紺の足
袋《たび》、くつろいだ恰好《かっこう》だが、難しい顔をしている。
鍛えあげた筋肉質の体は、まだ剣客としての衰えを感じさせないが、五十を越し
てからは髪に白いものが目立つようになった。
「直二郎、三日前の夜、黒装束の男と道場で仕合ったそうだな」
「はッ」
直二郎は、両手をついて頭をさげた。袋撓《ふくろしない》とはいえ、他流のものと仕合ったこ
とに違いはなかった。
「よい。夜中、忍び込む曲者に立ち向かうのは、当然のことじゃ。そのことで咎《とが》め
だてするつもりはない。こうして来てもらったのは、ゆいのことじゃ」
「ゆいどのの身に何か？」
直二郎は顔をあげた。

「寝所《しんじょ》にしておる離れに、昨夜からおらぬ」

「……！」

「弥八の言によると、昨日、四ツ（午前十時）ごろ、何やら思いつめた顔で屋敷を出てから戻らぬそうだ。昨夜、長谷川道場にも使いをやったが、そちらにもいってはおらぬ」

「昨日、八ツ（午後二時）ごろ、ゆいどのとお会いしましたが……」

「まことか！」

「はい。庭先で、話しただけで、すぐに帰られましたが」

直二郎は、そのときの様子をかいつまんで話した。

「すると、その者の構えを見て、ゆいの顔色が変わったと申すのじゃな」

「はい」

あのときゆいは、すべてのことを忘れてくれ、と懇願して逃げるように庭を出たが、そのまま屋敷には帰らず、姿を消してしまったようだ。

「直二郎、その構え、わしにも見せてくれぬか」

甚左衛門は膝頭《ひざがしら》を前に進めた。

「真剣でもかまいませぬか」

直二郎は右脇に置いた差料《さしりょう》を引き寄せた。

「かまわぬ」

直二郎は立ちあがり、ゆいに見せたと同様に構えた。

「奇妙な上段じゃな。それでは踏みこめぬが……」

「拙者もそう見ました」

直二郎は差料《さしりょう》を鞘《さや》に納め、甚左衛門の前に座した。

「しかも、気配まで断とうとしておる。待ちの剣じゃが、何流じゃろうか」

「あのような構えに、初めて接しました」

「わしにも覚えがないな」

「その者が、去り際に、相ヌケ、と一言申しましたが」

「何！　相ヌケ、とな」

甚左衛門が瞠目した。

そして、口を結んだきりおし黙った。

「……先生、何か、お気付きでしょうか？」

痺《しび》れをきらして、直二郎が訊いた。

「無住心剣流の極意《ごくい》が、相ヌケと聞いたことがある」

「無住心剣流！」

「新陰流の流れを汲《く》む流派の一つじゃ。その道統は絶えていると聞くが、天下無双の必殺の剣だという」

　甚左衛門の語ったところによると、無住心剣流は、真新陰流の小笠原源信斎《おがさわらげんしんさい》の門人の針谷夕雲《はりがやせきうん》が開いた流派で、小田切一雲《おだぎりいちうん》、真理谷円四郎《まりたにえんしろう》と引き継がれるが、円四郎の門人川村弥五兵衛《やごべえ》の名が残る程度で、以後道統を継ぐ者の名は絶えているという。

「なんとも奇妙な、剣だそうな……」

　甚左衛門は妻の運んできた茶をすすり、膝前に茶碗を置くと、視線を直二郎に向けた。

「傍目《はため》には、あたかも児戯《じぎ》の棒振りのごとくに見えたそうじゃよ」

「……！」

「が、実際に立ち合えば、天下無双、凄《すさ》まじいほどの強さだったという。……おそらく、児戯のごとく見えるは、無念無想、己の意識さえ、断ち切っているからじゃろう」

「すると、曲者《くせもの》のとったあの構えが！」

　まさに、無念無想の構えといえた。

「おそらくな。無住心剣流が何者かによって受け継がれ、その奥義《おうぎ》を会得《えとく》した者ということになろうか」

「先生、相ヌケとは？」

直二郎が訊いた。

「勝ち、負け、生と死は、畜生心《ちくしょうしん》であるとし、いっさい勝負に拘泥《こうでい》せずに相対する。互いに闘う気さえ消しされば、打ち合うこともなし。それを相ヌケというらしいが、敵に対し、剣気をも殺したその悟《さと》りの境地《きょうち》をいうのかも知れぬな」

「…………」

直二郎は黒装束の男と対峙したときのことを思いだした。とっさの判断だが、気を殺した相手に対して、直二郎自身も没我《ぼつが》に専念した。闘う気さえ消しされば、打ち合うこともなし――両者は、まさにその状態だったのだ。

「直二郎、比留間一心斎どののご子息が、それぞれ額を一太刀で割られたと世間の噂になっておるが、なんとみる」

「額の疵は、まったく同じ太刀筋によるものとみております。拙者が立ち合ったあの者の無念無想からの一太刀に相違ありません」

「同じ夜の四ツごろと聞きおよぶが？」

「はい」

「すると、江戸市中に、無住心剣流の極意を得た者が、少なくとも三名おり、しかも、しめし合わせて同時に仕合ったことになるぞ」

「仰《おお》せのとおりと思われます」

「うむ……」

甚左衛門の額に、困惑の縦皺《たてじわ》が寄った。

「先生」

直二郎が膝頭を進めた。

「ゆいどのと無住心剣流との関わりは？」

ゆいは、誠心館に忍び込んだ曲者が無住心剣流の構えをとったことを知り、衝撃を受けたのだ。姿を消したことにも、関わりがあるに違いない。

「直二郎、これは臆測《おくそく》じゃが。……ゆいの父、長谷川嘉平が、比留間一心斎と立ち合う前、わしと会ってな。拙者には、天下無双の剣がある。この奥義をもってあたれば、一心斎といえども後《おく》れをとることはないが、その剣法で、立ち向かうことはできん、と申してな」

結局、神道無念流だけの剣技をもって一心斎に対し、あっけなく敗れさったという。

「その折、長谷川嘉平どのの申された天下無双の剣が、無住心剣流ということになりましょうか」

「そう考えると、ぴったり合うのじゃ」

「すると、今度の件は、長谷川嘉平どのと一門の者が？」

そうなら、ゆいが衝撃を受けた理由も分かる。江戸市中を驚愕せしめた一連の事件が、父とその一門で引き起こされたと知れば、身内なら色を失って当然だろう。

「しかし、わしには、嘉平がこのような事件を引き起こしたとは、思えぬ。一心斎との勝負でさえ遣わなかった奥義を今頃、しかも、江戸市中を騒がすような方法で、遣ったとは思えぬのじゃ」

甚左衛門は思案するように腕を組んだ。

「それなら、一門の者が師の仕合に遺恨をもって……」

実際に無敵の剣法がありながら、それを遣わず一方的に敗れたのなら、一門にとってこれ以上口惜しいことはないだろう。一心斎の二人の子息が狙われたのも頷《うなず》ける。

(しかし、おれが、仕合を挑まれる理由はないが……？)

直二郎は、理由は分からぬが、自分も事件の渦中にいることを感じていた。

「わしも、一門の者がかってに動いているのではないかとも思う。……実は、嘉平には、三鬼と恐れられた三人の内弟子がいた。名を、常陸《ひたち》幻鬼、三河《みかわ》水鬼、出羽《でわ》猿鬼という」

「水鬼……！」

ゆいが、曲者と対戦した夜、水鬼のことを訊いたのを思い出した。三人のうちの水鬼だけ名を出したところをみると、特別な関係があるのかも知れない。

「水鬼を知っておるのか？」

「ゆいどのから、名だけ聞いておりました。……それにしても、奇妙な名ですが」

「うむ。……三人は、嘉平どのが諸国武者修行の途中で出会った、貧しい農民や郷士の子らしい。それぞれ太刀筋がよく、師の後をついて巡るうち、相応の剣技を身につけたという。それぞれの剣風と生国の名をとって、嘉平がつけた名のようじゃが、剣に生きるものは、私情を断ち、鬼のごとく激烈に生きよ、というのが嘉平の考えであったらしい。……その後、江戸で道場を開くと、三人は競い合って荒稽古に励み、さらに腕を上げ、近隣の道場では、長谷川道場の三鬼として恐れられるようになったようじゃ」

話すのをやめ、甚左衛門は膝前に手を伸ばして冷えた茶を啜《すす》った。

「今、その者たちは、どこに？」

長谷川道場にそのような遣い手がいるという話は聞かなかった。

「三年ほど前、修行のために旅に出たという」

「すると、その者たちが、江戸に戻って！」

三人がしめし合わせて、それぞれ仕合ったとすれば、すべてぴったりする。

「三人とも戻っているかどうかは分からぬが、三鬼の一人、幻鬼という者だけは、三月《みつき》ほど前から長谷川道場にいると耳にしておる」

「間違いないと思われます。その者たちが、こんどの事件を引き起こしたものと」

ゆいは直二郎の構えから、三人の者が江戸にたち戻って仕合ったことを知ったのだ。

「わしも、そう思う。そこでじゃ、直二郎」

「はッ」

「このまま捨てておくことはできんのじゃ。ゆいどのの身が案ぜられるし、無住心剣流なるものが気になってならぬのじゃ」

「と、仰せられると？」

ゆいの身が気掛かりなのは分かるが、甚左衛門が無住心剣流を危惧《きぐ》する理由が分からなかった。

「考えてみい、なぜ、嘉平は一心斎との仕合で、無敵の無住心剣流を遣わなかったのか。それほどまでの剣法が、なぜ、わずか三代でぷっつり絶えてしまったのか。……直二郎、無住心剣流そのものを探ってみる必要があるとは思わぬか」

直二郎に注《そそ》がれた目が鋭くなった。

「仰せのとおりと思われます」

そう言えば、ゆいの反応もただごとではなかった。

「直二郎、わしも無住心剣流がどのような剣か知りたいのじゃ。どうだ、やってみるか?」

「はッ」

直二郎は頭をさげた。望むところだった。ゆいの身も案ぜられたし、無住心剣流には、剣客として少なからず魅《ひ》かれるものがあった。底知れぬ深みのある玄妙な剣、無住心剣流。直二郎はその神髄に触れてみたいと思った。

それに、直二郎には、黒装束の男と、相ヌケなどという曖昧《あいまい》なかたちではなく、いつか、はっきり勝負をつけねばならぬときがくる、という確かな予感があった。

(勝てるだろうか……?)

勝つ自信はなかったが、剣に生きる者として、避けては通れない勝負だと思った。

「先生、もう一つ、不可解なことがございます」

直二郎は、顔をあげて言った。

「なんじゃ」

「比留間半造どのが、鹿島新当流を学ぶのは分かりますが、市之丞どのの鎖鎌は、解《げ》せませぬ」

「なるほど、心鏡流草鎌は捕縛術じゃ。護身のため、あるいは捕方が身につける技じゃろうな。剣に生きようとする者が、学ぶ術ではないかも知れぬ」

「二人は己の剣の修行のためでなく、何か理由があって、それぞれの門をたたいたような気がいたしますが」

「うむ……」

甚左衛門は腕を組んだ。

「ただ一つ、二流に通じていることがございます」

「なんじゃ？」

「入《い》り身《み》です」

「入り身じゃと！」

「はい。鹿島新当流、心鏡流草鎌、いずれも、敵の懐に入る入り身を極意としております」

「いかにも、そうじゃ」

「あるいは、無住心剣流と何か関わりがあるのではないかと推察いたしますが」

直二郎は、二人が、比留間一刀流ではなく、学んで間のない新当流と草鎌とで仕合ったのは、無住心剣流との関わりのためではないかという気がしていたのだ。

（あるいは無住心剣流に対抗するための、入り身か！）

入り身こそ、その玄妙な剣技を知るうえで鍵になりそうだった。

「比留間一刀流、総帥《そうすい》、一心斎どのの思惑があったのかも知れぬな」

「……！」

（比留間一派が、無住心剣流に挑もうとしていたのではないか）

直二郎以外にも、無住心剣流と決着をつけたがっているやつがいるということらしい。

「直二郎、気をつけるがいい。根が深いようじゃ」

「はッ」

直二郎は、甚左衛門から長谷川嘉平に対する紹介状を認《したた》めてもらい、屋敷を出た。


その夜、直二郎は自宅の庭で木太刀を構えた。

黒装束の男を仮想敵に見立て、まず、得意の上段から間境《まざかい》に入ってみた。

相手のゆったりとした自然な構えが、直二郎の脳裏に焼きついていた。こちらの打《だ》に反応し、男の袋撓は凄まじい迅《はや》さで振り下ろされた。

思ったとおり打てなかった。

直二郎の打ち下ろす剣は、ことごとく空《くう》を切った。実体のない影のような相手は、躱《かわ》すでもなく、太刀で払うでもなく、まっすぐ踏み込んできて、確実に直二郎の眉間《みけん》をとらえた。

なぜ、直二郎の剣が当たらぬのか、わからなかった。とどいた！　と感じる間合から打ち込んでも、相手の身体から微妙にはずれていた。紙一重《かみひとえ》の差で、こちらの太刀筋を見切ってしまうのだ。

青眼《せいがん》からも、下段からもやってみたが結果は同じだった。

迅い入り身も工夫してみたが、こちらが迅くなれば、それに応じて相手も迅くなり、どうしても、打ち込むことができない。

黒装束の男が別れ際にうかべた嗤いが、脳裏にうかんでいつまでも消えなかった。何とか男の嗤いを断ち切りたかった。東の空が明らむまで、直二郎は仮想敵を斬るために、一心に木太刀を振りつづけた。

鍛えた厚い掌《てのひら》の皮も破れ、木太刀の柄《つか》は血で染まった。直二郎を駆りたてているのは、得体《えたい》の知れない強敵に対する恐れと不安であった。

五

小石川の長谷川道場は、黒板塀に囲まれた屋敷の敷地内にあった。かつて、千人からの門弟を抱え、隆盛《りゅうせい》を誇ったが、今はさびれてしまっている。朽《く》ちた板塀の隙間から、乾いた寒風が、ひゅうひゅうと吹きこんでいた。

それでも、潜り戸から敷地内に足を踏み入れると、道場の方から気合と打ち合う木太刀の響きが聞こえてきた。

応対にでた門弟に来意を告げ、取次ぎを頼むと、一刻《いっこく》間をおいて、白髪《はくはつ》、瘦軀《そうく》の老人が姿を見せた。

「わしが、長谷川嘉平じゃが」

病み上がりのように頰がこけ、弛《ゆる》んだ皮膚は皺だらけだったが、細い切れ長の目や口もとの感じがゆいに似ていた。骨格は、剣客らしくがっしりして、立居振舞いにも隙がなかったが、眼光に鋭いものがないのが気になった。

「直心影流、毬谷直二郎と申す」

甚左衛門からの紹介状を懐からとりだし、「当長谷川道場の末席に加えていただきたく、参上いたしました」と述べた。

嘉平は、直二郎の目を刺すように凝視《みつめ》たが、

「ついて来られよ」

そういって踵《きびす》を返した。

老人の後に従って、道場内に入ると、四、五十人ほどが木太刀で組稽古をしてい

たが、すぐに気合や打ち合う音が止《や》み、好奇の目が集まった。直二郎のがっしりした体軀と隙のない身のこなしから、ただの入門者ではないと感じとったようだ。

「稽古、止め！」

その声で、門弟たちは、木太刀を携えたまま嘉平の前に集まって来て座した。

「本所、誠心館、毬谷直二郎どのだ」

門人たちの顔に、驚きと畏敬《いけい》の色がうかんだ。若いが、直心影流免許皆伝の腕で、あるいは、当代一の遣い手ではないかという評判さえあった。

毬谷直二郎の名を知っているはずだった。江戸で剣を志《こころざ》す者ならたいがい
「本日より、当長谷川道場の門人として、神道無念流を学ぶこととあいなった」

オオッ、という喚声があがった。門人たちは、驚愕と喜色《きしょく》の入り交《ま》じったような顔を直二郎の方にむけた。

門人二千とも三千ともいわれる比留間道場と軋轢《あつれき》が生じている今、理由はともかく直二郎の入門は、数千の味方に等しいと感じたに違いない。

「よろしくご指導くだされ」

直二郎は嘉平の脇に座って、真摯《しんし》に頭をさげた。

その直二郎につられて、門人の多くは、いや、こちらこそ、という態度で慌てて座礼を返した。

「直二郎どのには、さっそく木太刀を握ってもらう。すぐに、稽古を始めよ」

嘉平の声に、オオッという声があがった。門人たちの立ち上がる姿に勢いがあった。

神道無念流長谷川道場は、撓《しない》をもちいず、木太刀の組稽古が中心のようだ。

直二郎も木太刀を持って立つと、門人たちの中に幻鬼の姿を探した。

それらしい男はすぐに分かった。

道場の隅で胡座《あぐら》を組み、腰板によりかかっている野袴《のばかま》に蓬髪《ほうはつ》の男がいた。歳《とし》は二十七、八だろうか、木太刀を胸のあたりで抱きかかえ、目を閉じたままじっとしている。浅黒い肌をした痩せた男で、とくに直二郎に関心をよせるふうもない。

長身であることは、誠心館で仕合った黒装束の男と似ていたが、体型だけでは判断のしようがなかった。

（もう一度、立ち合えば分かる）

直二郎はそう思い、男が木太刀を持って立ち上がれば、一手所望するつもりでいた。

四半刻（三十分）後に、男はふいに腰をあげると、道場の中央にむかって歩きだした。

「そこを、退《の》けい！」

男は、稽古している門弟たちに向かって大声を発した。獣の咆哮《ほうこう》のような声だった。

一瞬、門弟たちの動きが止まり、気合がやんだ。木太刀を打ち合っていた門弟たちは慌てて退き、幻鬼の進む方向に道を開けた。

その中を、当然のことのように、ゆっくりした足取りで進んでいく幻鬼に、門弟たちの畏怖《いふ》と驚きの視線が集まる。

骨太いがっしりした長身。首筋や腕に筋肉が盛りあがっている。蓬髪をかすかに振りながら、居並ぶ門弟達に向けられた眼光は射竦《いすく》めるように鋭い。幻鬼には、門弟達を圧する威風があった。

直二郎は、正面に座している嘉平に視線をおくった。

その顔に、苦渋と屈辱の表情がういている。幻鬼の身勝手な振舞いを制すことのできない己を恥じているようだ。

稽古が終わって、門弟にそれとなく訊くと、幻鬼は三月ほど前ふらりと道場にまい戻ったが、気がむくと、ああやって道場の隅にきて座っているが、稽古をする気はまったくないという。

「恐ろしく腕はたつという話ですが、最近は、誰も相手をしなくなりました。長谷川先生も、幻鬼どのには何もいいません」

直二郎に問われたのがうれしいのか、若い門弟は、頬を紅潮《こうちょう》させて応えた。

夕刻、直二郎は、潜り戸から通りに出ていく幻鬼の後ろ姿を目にとめて跡を尾《つ》けた。水戸藩下屋敷の東側の通りを、伝通院《でんづういん》の方にむかって足早に歩いていく。三町ほど歩いたとき、十間ほど先の天水桶の陰を過《よ》ぎる人影を目にした。その猫のような身のこなしに覚えがあった。

(玄蔵だな……)

さすがだと思った。すでに、玄蔵は幻鬼に目をつけ尾行しているのだ。闇の中に姿を巧みに隠すだけでなく、足音も完全に消している。忍びにも劣らない尾行術といえた。

月のない夕刻だった。大名家下屋敷から洩れる灯は細く寂しい。闇がせまり、そろそろ提灯《ちょうちん》で足下を照らさないと歩きにくくなるころだった。

歩いていく幻鬼の前方に、黒い石像のように立ちはだかっている者がいた。行く手を阻《はば》まれて、幻鬼の足が止まった。

「おぬし、常陸幻鬼か」

白髪の老武士が、手に鎖鎌を持って立っていた。心鏡流草鎌、山上宗源である。

背後の闇に、鉢巻、襷《たすき》がけの武士が二人控えている。宗源の一門の者なのだろう。

「いかにも、幻鬼だが」

「拙者、山上宗源と申す者、一手所望したい」

「何ゆえに」

「お手前に斃された比留間市之丞どのの師にあたるもの。遺恨を晴らしたい」

「知らぬぞ。そのような者と立ち合《お》うたことはない」

「いうな。長谷川道場の鬼どもに違いないと、皆、申しておるわ」

「知らぬな。……それにしても、弟子の敵《かたき》を師が討つというか、殊勝《しゅしょう》なことよのう」

幻鬼の顔に揶揄《やゆ》したような嗤いがうかいた。

「いうな。このままでは、心鏡流草鎌の面目がたたぬわ。……いざ」

宗源は、耳元で鎌をまわし始めた。柄についた鎖が、びゅんびゅんまわる。

「やめておけ、おぬしの腕では、俺に勝てぬ」

「問答無用じゃ」

「やむをえんな」

幻鬼は一歩跳びすさって、抜刀した。

直二郎は、松の樹陰に身を隠して、ことの成り行きを見守った。宗源も心鏡流草鎌免許皆伝の腕、やすやすと討たれまいと思った。

幻鬼が無住心剣流を遣うのか、それは、いかなる剣なのか。

（見たい！）

と思った。

見ると、玄蔵も樹陰に身を潜《ひそ》めて息を殺している。

幻鬼は右手上段に構えをとった。しかも、額あたりにその拳がきている。誠心館で対した黒装束の男とまったく同じ構えだ。遠目にも、大樹のような威風がある。

（幻鬼だ！）

間違いない。あの男は、常陸幻鬼だったのだ！

幻鬼は闇の中にゆらりと立っていた。意外にも、目を細め野辺《のべ》の石仏のようなおだやかな顔をしている。

宗源は、居合腰のように腰を落とし、手の動きも見えぬほどの速さで鎖を振り回し、じりじりと間合をつめ始めた。ヒュンヒュンと、風を切る鎖の音だけが、闇の中で聞こえる。

宗源の剣気が満ちている。

（打ち込むな！）

入り身の迅さだけでは勝てぬ。直二郎がそう思った瞬間、鎖の分銅が闇にのびた。

間髪《かんはつ》をいれず、宗源の体が前に跳び、烏《からす》の嘴《くちばし》のように鎌がのびた。

一瞬、鎌の先の幻鬼の体がわずかに曲がったように見えた。

鎌は、無情にも闇を掻《か》いた。

テエエッ！

一閃《いっせん》、幻鬼の白刃が闇に弧を描き、宗源の呼気がふっとかき消えた。三、四歩、たたらを踏むように宗源の体が前に泳ぎ、闇の中に佇立《ちょりつ》した。

一瞬の静寂の後、ゆっくりと宗源の体が崩れ落ちた。

シーと闇に噴く血が、虫の音のように聞こえた。

凄まじい太刀だった。眉間から水月《すいげつ》まで一気に斬り下ろされている。宗源は、悲鳴も呻《うめ》きも洩らさず絶命した。

血の滴《したた》る白刃をぶらさげたまま、幻鬼は闇の中に立っていた。石仏のような顔に、ぴくりと苦悩の影がはしると、蓬髪が揺れ、目覚めたように表情が戻った。半顔に血飛沫《ちしぶき》を受けた幻鬼の顔は、まさに悪鬼のごとき形相《ぎょうそう》だった。

「うぬら、こぬか！」

闇の中で、鎌を突き出すように構えている二人の門弟を一喝した。

その顔に怯《おび》えがはしる。敵《かな》わぬと悟った門弟は、二、三歩後ずさって反転した。

その瞬間、幻鬼の体が前に跳ね、白刃が一閃した。

シュルル……と、闇の中を一つの首が血を噴きながら飛んだ。

返す刀でもう一人の胴腹が抉《えぐ》られる。折れたように身体が曲がり、背後に跳んだ。

一声、切り裂くような絶叫が響いた後、続けざまに倒れこむ音がした。後は、悲鳴も呻きもなかった。

シーという血を噴く音が闇の中で続いた。

「毬谷直二郎、出てこぬか」

幻鬼は、直二郎の潜《ひそ》む樹陰に向かって声をかけた。少しの息の乱れもない。直二郎が、そこにいたことははじめから知っていたようだ。

直二郎は、樹陰から姿をあらわした。

「もう一人、そこの男」

玄蔵の尾行にも気付いていたらしい。

「細引の玄蔵、けちな岡っ引でして」

玄蔵も闇から飛びだした。

「みごと。……無住心剣流の神技、しかと見せていただいた。もっとも、これで、二度目ということになるのかな」

近付いて直二郎が言った。全身に鳥肌がたっている。

幻鬼は、にやりと嗤っただけで何もいわなかった。

(凄まじい剣だ！)

幻鬼の嗤いが、この剣に勝てるかな、そう問うていた。

直二郎は、血の臭いのする闇を睨んだ。

(勝てぬ)

そう思った。

「これほどの太刀筋なら、木剣や袋撓でも頭をぶち割ることが、できましょうな」

玄蔵が、ピクリとも動かない死骸《むくろ》に目をやりながら言った。

「玄蔵とやら、何か勘違いしておるようだな。この宗源とか申す者もそうだが、比留間市之丞、半造兄弟を俺が殺《や》ったと思っておる。俺には、仕合うこともできぬぞ。そうだな、毬谷どの」

十七日夜四ツごろ誠心館で立ち合っていたと、直二郎に言わせたいのだ。

直二郎は頷いた。幻鬼の言うとおり、その刻限には誠心館にいて、市之丞や半造と仕合うことは、できないのだ。

(この凄まじい剣を遣う者が、ほかに二人以上いるということか！)

直二郎は己の剣の末熱さを痛感し、身震いを覚えた。

「ところで、旦那は、これからどこへ？」

玄蔵が訊いた。

「道場の棒振り剣法など、何の役にもたたぬ。伝通院の境内《けいだい》で一汗かこうと思ってな」

幻鬼は納めた刀の柄に手をかけてみせると、またにやりと嗤った。

その夜も、直二郎は自宅の庭に出ると、木太刀を振った。黒装束の男に代わって、幻鬼が仮想の敵となった。

（あの体捌《たいさば》きはなんだ！）

宗源の鎌に対して、その部分だけ幻鬼の体がくにゃりとまがったように見えた。太刀筋を見切って、よけるとか、はずすといった体捌きではなかった。まさに、刃筋にあたる体の一部分だけが、まがったように見えたのだ。

（幻《まぼろし》を見たようだ……）

と思った。

直二郎は幻鬼という名の意味を実感し、身震いした。

憑《つ》かれたように木太刀を振った。今、直二郎を駆りたてるのは、はっきりとした恐怖だった。悪鬼のような幻鬼の顔が脳裏から離れなかった。

六

おらくは玄蔵の連れてきたのが直二郎と知ると、急いで勝手にはいり、小盆の上に茶と菓子ののった小皿を持って出てきた。

「落雁《らくがん》だで、食べてくれ」

茶をだし、菓子をすすめた。

「大黒屋ですよ。戴《いただ》きものでして」

玄蔵は一つとって頰張った。

落雁というのは、微塵粉《みじんこ》（もち米をひいて粉にしたもの）やきなこに砂糖を混ぜてこね、型に打ち抜いて作った干菓子《ひがし》の一つだが、当時の庶民の口には贅沢《ぜいたく》なものだった。特に、大黒屋のものは、うまいという評判をとっていた。

「婆《ばば》あのやつ、直二郎さんにさしあげるんだっていって、あっしにも、手をつけさせなかったんですぜ。てめえの婿《むこ》が冷てえもんだから、直さんを倅《せがれ》みてえに思ってやがるんだ。いい迷惑だぜ、そうでしょう、直さん」

玄蔵は言いながら、おらくと直二郎の顔を交互に見た。

「なにを言ってやがる。玄、あんただろ、死んだ倅のかわりにしてるのは。あたしに言ってたじゃないか、伊助は、落雁が好きだったたってよ。……それで、直さんがきたら食わせろってあたしに言うんだから」

おらくは玄蔵の前で曲がった腰を伸ばして睨みつけた。

「うるせえ、婆あはむこうへひっこんでろ。てめえの皺くちゃな顔なんざあ見たくねえとよ」

玄蔵は、直二郎の方に顔をむけた。

「い、いや……」

慌てて、直二郎は持っていた茶碗を口に運ぶとごくりと飲み込んだ。何とも返答のしようがなかった。ただ、二人が悪口を浴びせながらも、目は笑っているし、心は通じあっていることを直二郎は知っているので、嫌な気はしなかった。

おらくは、うらめしそうな一瞥《いちべつ》を玄蔵に送って、

「玄、よけいな告げ口をするんじゃあないよ。まったく、あたしがいなけりゃあ、飯も食えねえのによ。ちったあ、ありがたく思ったらどうだい」

悪口を吐きながら、奥にひっ込んだ。

おらくが居間から消えると、

「直さんにわざわざよってもらったのは、どういう考えで長谷川道場に潜《もぐ》り込んだか、聞きてえと思いやしてね」

玄蔵は急に真顔《まがお》になって訊いた。

幻鬼の跡を尾《つ》けた翌朝、直二郎は、声をかけられて玄蔵の家に顔をだしたのだ。

「そのことだが」

直二郎は、ゆいが自宅に訪ねてきたことから、甚左衛門に無住心剣流について調べるよう依頼されたことまで、かいつまんで話した。

「するってえと、昨夜幻鬼が遣ったのが、その無住心剣流とかいう剣法で？」

「そうだ。比留間半造、市之丞の二人も同じ無住心剣流で斃《たお》されたとみている」

「半造、市之丞の二人を殺ったのが、幻鬼じゃあねえとすると、その剣法を遣う者が、あと二人はこの江戸にいるということになりますね」

「そうなるな」

直二郎は持っていた茶碗を膝先に置いた。

「それにしても恐ろしい剣だ。あっしの熊手など足元にもおよばねえ」

「玄さん、あやつに、手をだすなよ」

直二郎は、細引の玄蔵でも歯がたたぬだろうと思っていた。

「あっしも、命は惜しいや。……ところで、その、ゆいってえお方は？」

玄蔵はゆいのことを知らないようだった。

「長谷川嘉平どのの娘御だ」

「行方が知れぬとか？」

「すでに消息を断って、四日になる」

「そいつは、心配《しんぺい》だ」

玄蔵は顔を曇らせた。ゆいの身があぶないと感じてるようだ。

「そこで、俺からも頼みがある。ゆいどのの探索を、頼みたいのだ」

いかに神道無念流の心得があるとはいえ、ゆいは十九の娘である。四日も消息が知れないということは、どこかに監禁されているか、すでに命を絶たれていると考えた方がいい。

直二郎は、ゆいに対して、美しい女《ひと》だと思ってはいたが、特別な感情を抱いていたわけではない。ただ、直二郎の性分として、美しい妙齢の娘が、男たちに蹂躙《じゅうりん》され、汚《けが》されるのを見るのは我慢のならないことだった。しかも、ゆいの失踪《しっそう》には、自分も関わりをもっていた。

なんとか守ってやりたい、と思っていたが、消息が知れないことには手の打ちようがないのだ。

「すぐに、手の者に調べさせやしょう」

玄蔵は五、六人の下っ引を手先に使っていた。長年岡っ引稼業を続けたおかげで、同業者にも顔がきく、という。玄蔵なら、ゆいの消息をなんとかつきとめられそうだ。

「それに、間違いなくゆいどのの失踪は、今度の事件に関わっている」

「あっしも、そう思いますね」

「ところで、長谷川道場には、鬼がもう二匹いるが」

「鬼……」

玄蔵は直二郎の顔を直視した。

「三河水鬼、出羽猿鬼の二人だ。江戸市中に潜伏しているとみていい」

「その二人の名なら、あっしも知っておりますが、行方まではまだ……。無住心剣流の遣い手であれば、半造、市之丞を殺った相手ということになりますな」

「まあ、そうとも考えられるが……」

直二郎は、得心がいかぬ、というふうに腕を組んだ。

「何か、不審な点でも？」

「なあ、玄さん、なんのために、半造どのと市之丞どのを殺したと思う？」

「それが分かりゃあ、下手人の目星もつきまさあ」

「昨夜の宗源と幻鬼の闘いを見ていて思ったのだが、新当流や心鏡流を斃すつもりなら、宗源や象山と仕合わねばなるまい」

「……………」

「半造と市之丞の死は、他流仕合の結果かと思っていたが、そうでもないようだぞ。はじめから、他流仕合に見せかけて、二人を殺したとも考えられる」

「あっしも、そんな気がいたしやす」

「となると、比留間兄弟に対する私憤《しふん》を晴らすためか？」

「さあ、あんまり先走らねえほうが……」

玄蔵は執拗《しつよう》に下手人を追いつめるが、反面慎重でもある。誤った吟味《ぎんみ》が、罪のない人間を地獄に落とすことがあることを知っているからである。

「うむ。……そのへんの調べは、玄さんに任すか」

直二郎は、腕組みを解いて、落雁を頬張った。とうに朝餉《あさげ》のときは過ぎている。腹がへっていた。

起《た》ち上がりそうな素振りを見せた直二郎に、

「もう、一つ、ぜひ知らせておきたいことが」

そういって玄蔵は、膝をにじり寄せてきた。

「比留間道場に不穏な動きがあるようですぜ。……門弟たちは闇討ちされたと思いこみ、下手人があがらなければ、長谷川道場を襲おうとまでいきりたってやがる。直さんが、長谷川道場の門弟に加わったと知れば、当然助っ人と思いますぜ。数を頼んで、襲うかも知れません」

「心得ている」

長谷川道場に足を踏み入れたときから、そのことは覚悟していた。比留間道場に関わりはなかったが、火の粉が降りかかれば払うつもりでいた。

直二郎は、差料をつかんで起ち上がった。

「待って、おくんなさい」

玄蔵が微笑をうかべて直二郎を見上げた。

「まだ、何か？」

「このまま、直さんを帰《けえ》したら、婆あがむくれちまう。……三人分用意してるようだ」

玄蔵は、勝手のほうに首をまわして言った。

「………」

そういえば、勝手の方から、蜆《しじみ》の味噌汁でもつくっているらしく、いい匂いが漂《ただよ》ってきた。

直二郎の腹の虫が、応えるようにぐうと鳴いた。

第三章　決闘者

一

ゆいは、暗闇の中で意識をとりもどした。

体の自由がきかない。後ろ手に縄をかけられているようだ。体の節々にかすかな痛みがあったが、とくに異状はない。着物の乱れもないようだ。

そういえば、手の縄も荒縄ではなく、細い紐《ひも》のようなものでやわらかく縛ってある。手荒く扱うつもりはないようだ。

闇のなかに、乾いた埃《ほこり》と黴《かび》の臭いがある。目を凝《こ》らすと、隅に破れた障子《しょうじ》がたて掛けてあり、壊れた長櫃《ながびつ》らしきものが埃をかぶっている。どうやら、古い土蔵か納屋《なや》の中にでも閉じ込められているようだ。

あのとき鬼面の男に当身《あてみ》をくらい、気を失ってそのままここに運びこまれたものらしい。

ゆいは空腹を感じた。こんなときおかしいが、相手に危害を加えるつもりがないらしいことが分かって安堵《あんど》したせいかも知れない。

ゆいは、直二郎《なおじろう》の家を出たそのままの足で、水鬼《すいき》と約束した伝通院《でんづういん》のそばにある稲荷《いなり》に向かった。直二郎の家から目的の稲荷まで半里あまり、足早に前田家の上《かみ》屋敷の脇を通り、武家屋敷の連《つら》なる町並をすぎた。

稲荷に続く石段の下までたどりついたとき、陽《ひ》は西に傾き、長くのびた影ぼうしは人のものと判別できないほどにぼやけていた。

冷たい風が吹いていたが、急いで来たために体はほてり、頬はほんのりと桜色に上気していた。

(水鬼が江戸に戻っているかも知れない)

そう思うと、ゆいは気がせいて石段を駆けあがりたい衝動にかられたが、自分の気持を鎮《しず》めるように一段一段ゆっくりと上《のぼ》った。

逢いたい気持と逢うことの恐れが、ゆいの胸の中でせめぎあい、荒波のようにうち寄せていた。

ゆいは物心ついたときから、父のもとで修行を積んでいた幻鬼《げんき》、水鬼、猿鬼《えんき》の姿を見て育った。三人の稽古量にはとうてい及ばなかったが、ゆいも撓《しない》や木剣を握り、父の手解《てほど》きで神道無念流《しんとうむねん》を学んだ。

少女から娘に成長するにつれ、水鬼の筋肉質ではあるがほっそりした身体《からだ》や涼しげな眼差《まなざ》しにひそかに魅《ひ》かれるようになった。

しかし、父嘉平《かへい》は、三人の弟子の誰にもゆいをやるつもりはないようだった。三人とも低い身分の出だったからかも知れない。門人のなかから、相応の家柄で、筋のいい武士を婿養子《むこようし》に迎え、道統を継がせたい肚《はら》だったようだ。

それが娘の幸せにつながると考えたのだろう。剣に生きる者とはいえ、一人娘にはあまかったといえる。

ところが、比留間一心斎《ひるまいっしんさい》と仕合って敗れてから、嘉平の考え方が一変した。

三人を前にしてこう言ったのである。

「無住心剣流の極意《ごくい》を自得し、江戸にある五流を破った者に、娘をやる」

ゆいは、父が無住心剣流なる奇妙な剣法を自得するために、三人の弟子たちとひそかに鍛錬《たんれん》を続けていたことを知っていた。

当初はゆいも手解きを受けたが、とてもものになりそうもない、と判断したらしく、以後は、稽古に加えようとしなかった。

その無住心剣流の極意をもって、江戸にある幾つかの流派を破ってみろ、と嘉平は言ったのだ。もちろん、比留間一刀流に勝つことは含まれているが、五流と限定したことに特別の意味があったわけではない。

当時、江戸の町には剣術道場の数こそ多かったが、名のある流派は知れていた。五流ほど破れば、天下無双の剣であることは、江戸中に知れわたると考えたのだろう。

嘉平の言葉に三人の鬼たちは、武者修行の旅に出ることになった。むろん、無住心剣流の奥義を極めるためである。

旅に出る前夜、ゆいは水鬼と伝通院のそばの稲荷で逢った。

約束の刻限に、水鬼は蒼《あお》ざめた顔であらわれた。野袴に草鞋《わらじ》履き、手甲《てっこう》、脚絆《きゃはん》の旅拵《たびごしら》えである。

「ゆいどの、かならず無住心剣流の奥義を極めてもどりまする」

いつもは、無口で静かな男の眸《め》の奥が燃えている。

「水鬼、ゆいはいつまでも待てませぬ」

ゆいの言葉は、きつかった。

幻鬼と猿鬼は、すでに一刻ほど前道場を出立《しゅったつ》していた。水鬼より早く二人が奥義を極め、父の言葉どおり実行するかも知れない。そうすれば、その者が道統を継ぎ、ゆいは夫婦にならねばならない、その恐れが別れの感情を奪っていたのだ。

「ゆいは、幻鬼や猿鬼と一緒になるくらいなら死にます」

偽りのない気持だった。それだけゆいも切羽詰《せっぱつ》まっていた。

「幻鬼や猿鬼には負けぬ」

水鬼にも、ゆいの気持は伝わっていた。別れを惜しむ涙声より、思いつめたきつい言葉のなかにゆいの思慕の強さが籠もっていた。

「ゆいは、この祠《ほこら》の前で、幻鬼や猿鬼に会う前に、おまえと逢いたい」

「………」

ゆいは、思いのありったけを伝えようと刺すような強い眼差しで、水鬼の目を凝視《みつめ》た。その目に引き寄せられるように、水鬼は歩を運び、ゆいの両肩に手を伸ばすとひしと抱きしめた。

かたい岩のような胸だと、ゆいは思った。抱かれた自分の身体が、火のように熱かった。くらくらっとした。目を閉じると、体の芯が溶けていくようだった。このまま、もう、どうなってもいい……、ゆいは、そう思いながら、自分の身体を水鬼にあずけた。

「三年でもどりまする。かならず、ここに」

水鬼は絞りだすようにそういうと、ゆいの身体を突き放した。冷たい風が、二つの体の間隙《かんげき》に流れた。水鬼は、ゆいの熱い視線を断ち切るようにくるりと背をむけた。

ゆいの眼窩《がんか》で、石段を駆け下りていく水鬼の野袴《のばかま》の裾が怒ったように揺れた。簡単な別れだった。お互いの愛を確かめ合う余裕も時間もなかった。ただ、一瞬の抱擁に、思いの激しさをぶっつけ合っただけの別れだった。

それから三年、ひょっこり長谷川道場にもどってきたのは、幻鬼だった。水鬼は約束の三年が過ぎてももどってこなかった。ゆいは不安と怖《おそ》れに夜も眠れなかった。

だが、不思議なことに、幻鬼は何も言いださない。無住心剣流の極意を会得したのか、それさえも定かではなく、父に語った様子もなかった。

幻鬼が道場にもどって十日ほどすると、

「ゆい、本所《ほんじょ》にある誠心《せいしん》館にすぐいけ」

と父が思いつめた顔で言った。

道場主の西尾甚左衛門には、内弟子として屋敷内の離れに住まわせてくれるよう約束がとりつけてあるという。父が、甚左衛門と親交のあることは知っていた。

「父上、なぜ?」

何か、幻鬼との間であったようだ。

「幻鬼の剣は、妖剣じゃ!」

吐き捨てるように言った。

「妖剣……！」

幻鬼と仕合って敗れたのだ！　しかも父は、幻鬼を恐れている、ゆいはそう直感した。

このままここにいれば、幻鬼の慰みものになる、という父の言葉に、ゆいは、恐れていたことが現実になったことを悟った。

その夜、ゆいはひそかに誠心館に向かった。

本所の西尾邸の離れで過ごすようになって、三月《みつき》。毬谷《まりたに》直二郎の見せた構えから、道場に忍びこんだ曲者《くせもの》が無住心剣流を遣い、しかも同じ夜に、神田《かんだ》と谷中《やなか》にも同じ剣を遣う者があらわれたことを知った。

（水鬼が江戸にもどっている！）

そう思うと、ゆいはじっとしてはいられなかった。直二郎の家を出た足で、ここで逢おうと約束した伝通院のそばの稲荷に向かったのだ。

杉や樫《かし》の鬱蒼《うっそう》とした神木に覆《おお》われた石段は、手燭《てしょく》が欲しいほど暗かった。人気《ひとけ》はなく、湿気の多い風が樹間を流れてきた。

（なぜ、水鬼は連絡をくれぬのか……？）

それがゆいの不安を助長していた。江戸にもどってきはしたが、無住心剣流の極意を会得できず、逢うことができないでいるのかも知れない。

加えて、三人が同夜同時刻に直二郎と比留間道場所縁《ゆかり》の者に仕合を挑んでいることも、ゆいには不可解だった。何のために、三人が結託して（ゆいにはそうとしか思えなかった）、他流と仕合わねばならぬのか。ゆいの心の中では、疑問と恐れが渦巻いていた。

祠に続く赤い鳥居に鳥《からす》がいた。ゆいの下駄《げた》音に驚いて、薄闇のなかに、クワッ、という一啼《ひとな》きを残して飛びあがった。風が出てきたのか、祠のまわりの杉の葉叢《はむら》がザワザワと揺れていた。

約束の祠の前に、水鬼はいなかった。

あるいはという淡い期待があったのだが、そう都合よく水鬼がそこで待っているはずはないと思いなおして、ゆいは祠のまわりを巡ってみた。

水鬼が来たことを示す置き手紙か目印でも残されてはいまいか、祠や鳥居のまわりを子細に見たが、それらしいものは何もなかった。

祠の正面までもどったとき、ふいに、観音開きの格子戸《こうしど》が開き、黒い影が飛びだした。

鬼！

はっと振り返ったゆいの目に、それはまさに闇の中から出現した鬼に見えた。驚愕と恐怖のため棒立ちになったゆいの腹部に、鬼面を被った男の当身があたった。

ウッ、というかすかな呻《うめ》き声をもらしただけで、ゆいは男の手の中に倒れこみ、意識を失った。

ごとごとと重そうな引戸を開ける音がする。一条の光がさし、それが広がり、青い月光が、闇を切るように斜めにさしこんできた。その光のなかに、黒い影がうかぶ。

誰か入ってくる！

子供か、と見間違うほど矮小《わいしょう》でずんぐりした男だった。伸び放題の蓬髪《ほうはつ》を背中で無造作に束ねている。目が細く厚い唇のおしつぶされた蟇《ひき》のような顔。――見覚えがあった。

猿鬼だ！

後ろ手に戸が閉められ、猿鬼の短軀《たんく》が闇に消えたが、すぐに膝先に気配がして、黒い人影が目の前にあらわれた。猿鬼が忍び寄ったのだ。

咄嗟《とっさ》に、ゆいは身を固くしたが、襲うような気配はなかった。短いが、鋼《はがね》のような筋肉質の二本の腕が伸び、包みがさし出され、ごそごそと開かれた。

竹の皮に包まれた握りめしだった。脇には竹筒に入った水もある。ゆいのために、持参したようだ。

闇の男は何も応えず、ゆいの背後に回って、手首の紐を解《ほど》きはじめた。

「どういうことなの？　ここは、どこ？」

猿鬼が昔のままの従順な目をしていたので、ゆいは幾分安心した。

「お嬢さま、四、五日だけ、辛抱《しんぼう》してくれ」

低い嗄《しゃが》れ声は、まさしく猿鬼のものだった。

「猿鬼、誰の指図なの？」

猿鬼の剣の腕は、幻鬼や水鬼に劣らない。ずんぐりした身体からは想像できない猿のような敏捷《びんしょう》さと、人並みはずれた跳躍力があり、飛び跳ねながらくりだす前後左右からの剣は、猿鬼の名に相応しい凄《すさ》まじいものがある。

しかし、どちらかといえば愚直で、事を企《くわだ》てたり、人に指図したりできる男ではないことをゆいは知っていた。それに、当身をくらわした鬼面の男の体軀《たいく》は、あきらかに猿鬼とは違っていた。

「水鬼は、どこなの？」

無言で闇に身を伏している猿鬼に訊いた。

猿鬼は、土蔵の裏に焼け残った商家の離れがあり、そこで、待っていれば水鬼に逢える、とだけ伝えて、闇の中に姿を消した。

ゆいは立ち上がり、闇の中で猿鬼の消えた戸を探しあて、引くと、錠はかけてなかったらしく重い戸が少しずつ開いた。

外は満天の星空だった。

二

「鹿島新当流《かしましんとう》剣術指南聖武館《せいぶ》」と墨書された板看板の前に、五、六人の門弟が集まっていた。その門弟を分けるようにして、道場から佐久象山《さくしようざん》が、比留間一心斎の嫡子右近《ちやくしうこん》を連れて出てきた。さらに背後には、十人前後の門弟が従っている。

「象山どの、弟、半造《はんぞう》の敵《かたき》、この右近がかならず」

右近が振り返って、きっぱりといった。

「いや、右近どの、新当流の名にかけても、半造どのの敵、我らが討ちもうす」

「こたびのこと、比留間《ひるま》一門に対する挑戦ではないかと、みておるが」

右近が言った。

「うむ」

「同夜に、二人の弟が討たれておる。偶然とは思えぬ」

「それにしてもな……。半造どのは、我が流での修行は短いが、すでに比留間一刀流免許の腕、やすやすと斃《たお》されるとは思えぬのじゃが」

「その太刀筋《たちすじ》からして、上段からの真っ向幹竹割《からたけわ》り、いささか、思いあたるふしもござれば、かならず」

右近は、半造が斃された前夜やその後の様子を訊きにきたのだ。同道したのは、比留間道場の柳谷直哉《やなぎだになおや》という若い門弟一人だけである。

「右近どの、気をつけられよ。……その相手、尋常な剣を遣う者ではないような気がしてならぬのじゃ」

象山は、半造の頭蓋《ずがい》を割った一太刀が、見事すぎる故になにか人技を越えた不気味なものを感じていたのだ。

「ご心配には及ばぬ、象山どの。我が比留間一刀流、そう何度も後《おく》れをとりもうさぬ」

右近は六尺を越える巨軀《きょく》で、しかも三尺余の長刀を佩《お》びている。膂力《りょりょく》に優れ、その剣は、受けた相手の刀を断ち割って、身を裂くとまでいわれている。一心斎を除けば、比留間道場三千余の頂点に立つ男で、比類なき剛剣の主である。右近には己の剣に対する自信が漲《みなぎ》っていた。

「一心斎どのにも、よしなに」

象山はそう言って、右近と門人を見送った。

二人の後ろ姿が、武家屋敷の長屋門の角を曲がったとき、ふいに、黒い人影が道を過《よ》ぎるのを見た。しかも、大人とは思えぬ身の丈《たけ》である。

「童《わっぱ》か」

大事あるまいと思ったが、その身のこなしに、童のようながむしゃらなところがないのが気になった。遠目に、風に吹き流される黒布のように見えたのである。

さらに見ると、右近の消えた角を海鼠塀《なまこべい》に身をすり寄せながら曲がろうとしている。

（あやつ、尾《つ》けておる！）

象山は、右近どのに一言告げることがある、そう言いおいて、いぶかしげな門弟たちをその場に残して、足早に二人の後を追った。

象山と別れて一町《ちょう》ほど行ったとき、右近は、背後に殺気を感じた。尋常のものではない。しかも、思う間に強くなる。足音は聞こえぬが、物の怪《け》のような気配が、疾風のように迫ってくる。

来る！

瞬間、背肌に痺《しび》れるような殺気を感じた。

「直哉、跳べ！」

叫ぶと同時に、右近と直哉は、左右に跳んだ。

キエエィ！

闇を裂く咆哮《ほうこう》がし、頭上を疾風が飛んだ。両手を広げたままの黒い人影が、五尺ほど跳躍し、むささびのように舞って、三間《けん》先に白刃をかざして降り立った。

右近は横に跳びながら抜刀していた。

直哉は柄《つか》に手を置いたまま動きをとめた。次の瞬間、がっくりと膝をつき、白眼を剝《む》いた。額が割れ、鮮血が噴きあがった。グエッという絶叫とともに前に倒れこんだ。

一瞬遅れた直哉の眉間を、頭上を跳んだ男の切っ先がとらえたのだ。

「うぬは、長谷川道場の猿か！」

右近は、倒れた直哉には目もくれず、長刀を一刀流陰《いん》の構えである八相《はっそう》にとった。相手の動きに即応する構えである。巌《いわお》のような巨軀。三尺余の刀身が息するように揺れる。

「おおよ！　猿鬼よ」

蟇《ひき》のような顔がにやりと嗤《わら》った。

猿鬼は、一尺五寸の短刀を右手に握ったまま、両手を大の字に開いている。そのままの姿勢で、三間の間合を一気につめてきた。疾《はや》い！

イヤアアッ！

右近は左肩を前に突き出したまま、一歩踏みこみ、間境《まざかい》を越えた猿鬼の胴腹を右一文字に剛刀で薙《な》ぐ。凄まじい太刀筋が、突進してくる猿鬼の胴を両断したかに見えた瞬間、黒い塊《かたまり》が頭上に跳《は》ね飛んだ。

チャリン。──右近は、頭上から振り下ろされた猿鬼の太刀を、胴から返す刀で辛《かろ》うじて払った。

「さすがは猿よ。すばしっこいわ」

すかさず、右近は剣尖《けんせん》を相手の膝下二寸の下段に構えた。猿鬼の跳躍に合わせて、下から斬り上げる肚《はら》である。

上に跳ぶ危険を察知した猿鬼は、今度は身を低くし、爪先《つまさき》で地面を掻《か》くようにゆっくりと右に回りはじめた。

そのときである。右近は、走り寄ってくる足音を間近に聞いた。

佐久象山！

すでに股立《ももだち》をとり、白刃《はくじん》をひっさげている。

「鹿島新当流、一ノ太刀、受けみるか！」

目尻が裂けるほど双眸《そうぼう》を瞠《みひら》き、凄まじい勢いで、太刀を肩に担《かつ》ぐようにして猿鬼の右脇に突進した。

鹿島新当流は相手のふところに飛び込み密着して、頸動脈《けいどうみゃく》、腿《もも》、手首など動脈を狙って突き、斬る剣法である。したがって、万一受け損なっても致命傷にならぬよう、相手の太刀が体の中心線に打ち込めない角度で接近する。そして、相手の太刀筋をわずかな間合で見切ってくりだす第一の太刀に、すべてを賭ける。その捨身《すてみ》の心と技が、一ノ太刀である。

もし、猿鬼が突進してくる象山に太刀を振ったら、肉を斬って骨を断たれていたろう。

猿鬼は動物的な勘でその危険を察知し、象山が間境を越えた刹那《せつな》、跳躍し、空中で一回転して、背後におり立った。

が、着地した瞬間、右近の剛剣がうなった。

「そっ首、もらった！」

ゴッ、と骨を断つ音がし、血の糸をひきながら切断された猿鬼の左腕が棒切れのように中空に飛んだ。

咄嗟《とっさ》に左腕を切らせることで、その刃筋から頸《くび》を引いたのだ。猿鬼は悲鳴一つ洩《も》らさなかった。右手の太刀を投げることで、右近の二ノ太刀を防ぐと、もう一度背後に大きく跳ね飛んだ。

「二つの太刀、躱《かわ》せぬわ」

猿鬼は反転し、血の太い糸を落としながら薄闇のなかに駆けだした。

「待てィ！」

象山は飛び込んできた形相《ぎようそう》のまま後を追った。

「象山どの、無駄だ。あやつの足には勝てぬ」

右近はその場を動かなかった。刀の血振りをし、懐紙《かいし》で拭ってから納めた。

「……あ、あやつが、半造どのを」

象山は半町ほど追ったが、諦《あきら》めて右近のもとに戻った。

「おそらく。象山どの見られよ」

額を割られて斃れている門弟を指差した。

「真剣だが、太刀筋は似ておる」

「あやつ、奇妙な剣を遣ったが？」

「いや、猿のように跳びはねるが、太刀筋は神道無念流」

「神道無念流！」

「あやつ、長谷川道場の猿鬼よ」

「猿鬼とな！」

「さよう。……象山どの、鬼が腕《かいな》を忘れていったわ」

右近は、猿鬼の左腕を棒切れのように拾いあげた。

三

ゆいの行方が知れなくなって五日経った。直二郎や玄蔵は八方手を尽くして探したが、足取りはつかめなかった。長谷川嘉平も門弟たちに命じて娘の行方をひそかに探索しているようだが、何の情報もないらしく、老いたその顔は曇るばかりだった。

五日目の夕方、ひょっこり玄蔵が直二郎の家に姿をあらわした。

「直さん、辰の野郎がそれらしい話を聞きこんできましたぜ」

「まことか!」

「へい。まず間違いねえかと」

「さすがは、玄さんだ。……まあ、ちょっと上がってくれ」

居間の行灯《あんどん》には火が入っていた。座布団《ざぶとん》があり、つい今しがたまで人のいた気配があった。

「彦四郎さまは?」

玄蔵は、勧められた座布団に膝頭《ひざがしら》を揃えて奥の様子をうかがうように身を乗り出して、訊いた。

「これだよ」

直二郎は指先三つで、碁を打つ真似《まね》をした。今しがた、父彦四郎は碁敵《ごがたき》の隣家へ出かけたところなのだ。

「ああ……」

「それで、玄さん、ゆいどのはどこに？」

それを早く聞きたかった。

「それが、行方まではまだ。……五日前《めえ》、小石川の稲荷のそばで髪を短く切り小袖に小倉袴の娘を見かけたってえ、手代《てだい》がおりましてね」

「まず、ゆいどのに間違いあるまい」

男と間違われてもしかたのない身形《みなり》である。髪を肩口ほどの長さで切り、ぼんのくぼあたりで結び、袴姿で町中を歩く娘は、江戸広しといえどもそう多くはいないはずだ。

「その刻限は？」

「七ツ（午後四時）過ぎだそうで」

その刻限から推《お》すと、直二郎の家に来たそのままの足で小石川に向かったようだ。

「連れは？」

「一人だそうで。……なんでも、かなり慌てていたという話ですが」

「その後の足取りは？」

「それだけで、ぷっつりと。……ただ」

玄蔵がいうには、七ツ半ごろ稲荷に続く六角坂で、侍が先導した駕籠《かご》を六角屋敷の中間《ちゅうげん》が見ており、それで連れ去られたのではないか、ということだった。

「その侍だが、風体《ふうてい》は？」

「御家人《ごけにん》風ではなく、浪人者らしいということでして」

「それだな」

直二郎は、武者修行に出たという三鬼のうちの一人ではないかと思った。

「玄さん、その駕籠かきを探しだせば、ゆいどのが連れ去られた先が分かるかも知れぬな」

「へい。そいつは、すでに——」

玄蔵の息のかかった下っ引や仲間の岡っ引を総動員して、付近一帯の探索にあたっているというのだ。

「そういうことなら、俺もこうしてはおれんな」

直二郎は、佩刀《はいとう》して立ち上がった。

ゆいは小石川の稲荷の近くで勾引《かどわか》されたとみていい。駕籠で運んだことから考えて、命をすぐに絶つつもりはないようだが、きわめて危険な状況におかれていることは間違いなかった。相手に、殺す意思はなくとも、辱《はずかし》められたり、自分の命と引きかえに身内が窮地にたたされることを知ったら、ゆいは自ら命を絶つことに躊躇《ちゅうちょ》しないはずだ。武士の娘である。恥をしのんで生き延びるより、潔い死を選ぶ。

ゆいの清廉潔白な美しさが、直二郎に不安を増幅させた。触れれば散る危《あや》うい美しさほど、野獣の嗜虐《しぎゃく》的な情欲をそそるものはないだろう。拉致《らち》している相手の目的が何であれ、ゆいは野獣に捕えられた小兎《こうさぎ》に違いなかった。

直二郎は、一刻も早くゆいを救いだしてやりたかった。

「直さん、今時分から、どちらへ」

玄蔵が怪訝《けげん》そうな顔で訊いた。

「長谷川道場にいってみる」

嘉平から、水鬼か猿鬼かどちらかの居場所の、せめて心あたりだけでも訊きだせないものか、もしそれが、無理なら、無住心剣流のことを直接もちだしてみようと思いたったのだ。

直二郎は自分自身がはがゆかった。探索を玄蔵に任せて、ことが起こるのを待っているだけなのだ。せめて、自分にできることは積極的にあたってみよう、その思いが直二郎に剣を持って起たせたのだ。

「直さん、気をつけておくんなさいよ。比留間道場のやつらが、敵《かたき》を討つといきりたってますぜ。しかも、それに、神田の聖武館の門人も加わっていやがる」

「承知してる」

比留間道場は、門弟が二千とも三千ともいわれる大道場である。それに、捨身の実践的剣法を学んでいる聖武館の門人が加わったとなれば、満たされた油壺に火を投じたに似ている。比留間一心斎が、一門の者を率いて長谷川道場を襲撃するようなことはあるまいが、門弟たちの気持が異常に興奮していることを考えれば、私闘や小人数の乱闘はいつ起こっても不思議はない。特に、三鬼といわれる幻鬼、水鬼、猿鬼に対しては、敵意をむきだしにしているはずだった。

玄蔵が帰ると、すぐに直二郎は自宅を出た。あたりはすっかり暮色《ぼしょく》に染まっている。暮六ツ（午後六時）にはまだ間があるが、どんよりした雲が空を覆《おお》っているせいか、闇の訪れが早いようだ。

ふと、直二郎は生垣の陰に人の気配を察知して足をとめた。

「なに者！」

刀の柄に手をかけたまま、気配に向かって言い放った。

「わ、若師匠、おいらだ」

闇から黒い影が二つ飛び出した。手習い塾に通っている文太と遊び仲間の背のひょろっ高い助六である。どこで遊んできたのか、泥だらけの顔をしている。着物から出た脛《すね》が、長く寒風に晒《さら》されていたからだろう、白くかさかさしていた。

「ブンとスケか、今時分、こんなところでうろうろしてると、親父どのに叩かれるぞ」

文太の父親は、魚の振り売りをしている。短気で喧嘩早いことは、口伝てに聞いていた。

「叩かれるもんかい。おとうは、早帰《はやげえ》りで、酒飲んで、寝ちまってらあ」

鼻の下をグイと擦《こす》りながら、威勢よく言い放った。横で助六が、そうだ、そうだと言う調子でうなずいている。

「そうか……。で、俺に、何の用だ？」

「用はねえ。……用はねえが、見にきた」

「見にきた？　いったい、何を？」

「だから、若師匠のことをよ」

「俺をか？」

「ずいぶん、手習《てなれ》えに顔を見せねえからよ。おいら、心配《しんぺい》してるんだぜえ」

口をへの字に結び片腕を突き出して、役者が見得《みえ》を切るような恰好《かっこう》をしてみせた。

「……そうか」

言われてみれば、「誠心館」で黒装束の男と仕合ってから、手習い塾には足を向けていない。

「あの女のせいか？」

覗《のぞ》き込むような目をして二人が、二、三歩身を寄せた。

ゆいのことを言っているようだ。文太は直二郎がゆいと会っているとき、その様子を生垣の陰から盗み見していた。そのときのことから、文太なりに直二郎の最近の変わりようとつなげてみたのだろう。

「ブン、親父どのが叩かなければ、俺が叩くぞ」

直二郎は拳を振り上げてみせたが、ふと、思いつくことがあって、

「そうだ。ブンとスケに頼みがある」

そう言って拳をさげた。

「何でえ、頼みってえのは？」

二人は、目を光らせてそばに寄ってきた。

「実は、あのゆいどののことだ……」

直二郎は、あの日以来ゆいの行方が知れぬことを話した。

「それで、二人に、行方を探って欲しいんだ」

額を合わせるように屈《かが》み込んで、真面目《まじめ》な顔をして直二郎は言った。

「……！」

二人は、まるで、生きた泥鰌《どじょう》でも飲み込んだような顔をしてうなずいた。

直二郎は、文太を中心にした悪ガキが、神田界隈《かいわい》で群れて遊んでいることを何度も目撃していた。あるいは、そうした連中の誰かが、目撃しているかも知れぬと思ったのだが、むろん、本気で期待したわけではない。

それより、日が暮れても、家に帰らない二人のことを心配したのである。だから、

「これは、極めて危険な探索である。したがって、六ツの鐘が鳴る前に家に帰ること、もし、ゆいどのの姿を見かけたら、すぐに俺に連絡すること、この二つがきっちり守れれば、探索を頼む」

と、大人に対するような言葉で念を押した。

「分かったい、おいら守れるぜ」

「おいらもだ」

二人は、ゴクリと唾《つば》を飲み込んで大きくうなずいた。

「もうすぐ、暮六ツの鐘が鳴る。約束どおり、すぐ帰れ。これは、当座の探索賃

だ」

直二郎は、あかぎれだらけの文太の掌に、何枚かのビタ銭を握らせた。

「分かったぜ」

文太と助六は、勢いよく立ち上がると、我が家のある方に転げるように駆けていった。

四

長谷川嘉平は、道場と廊下で繋《つな》がっている私邸にいた。

直二郎のこわばった顔を見ると、

「道場で話を聞いたほうがいいようじゃ」

そう言って、手燭を持って先導した。

道場内は夜の闇に閉ざされていた。張りつめた冷気の中に、汗の臭いが混じっている。

嘉平は、床板に静かに座した。

燭台の灯が、道場内の漆黒《しっこく》の闇から嘉平と直二郎の顔をうきあがらせ、皺《しわ》の弛《ゆる》みの濃い陰影が、嘉平の顔を銀髪を垂らした悪鬼のように見せた。

嘉平は、憔悴《しょうすい》の色をうかべた顔を直二郎に向け、

「いまだ、ゆいの行方が知れぬ」

と吐き出すように言った。

「水鬼と猿鬼という門弟が、旅に出ていると聞きましたが」

「直二郎どのは、今度の件に二人が関わっていると、お思いか?」

「はい、比留間半造と市之丞が斃された太刀筋、拙者が仕合ったのと同じ、無住心剣流のものかと？」

「なんと！　無住心剣流じゃと」

嘉平は瞠目した。

「はい、拙者、無住心剣流を遣う幻鬼らしき者と、誠心館にて立ち合っておりまする」

その者が、相ヌケという言葉を残して去ったこと、西尾甚左衛門からその剣法の名を聞いたこと等を話した。

「……すると、幻鬼、猿鬼、水鬼の三名の者が、無住心剣流をもって、同時に仕合ったとお考えかな？」

「いかにも」

「わしには信じられぬが……」

嘉平は、困惑の表情をうかべて顔を伏せた。濃い陰影につつまれ、頼りない老人の顔になった。

「嘉平どの、無住心剣流なる剣法、三人が、どこでどのように身につけたのか、お教え願えないでしょうか？」

直二郎は膝を乗り出した。

「うむ……」

「ゆいどのの失踪も、無住心剣流に関わりがあるように思えてなりませぬが」

「あの剣を教えたのは、この、わしじゃが」

武者修行の途中、無住心剣流を伝える奥野丹波《たんば》という兵法者から手解きを受け、江戸に神道無念流の道場を開いてからも、三人の門弟とひそかに、その奥義を会得せんと錬磨を積んだという。

「何ゆえ、それほどまでに？」

すでに、神道無念流の免許をもち道場を開いて名をなしている者が、それほど他流にこだわるのはなぜなのか、直二郎には理解できなかった。

「当時、奥野どのは、無住心剣流の奥義を会得してはおらなんだ。……ただ、その剣がいかなるものかを語り、鍛錬法を教えてくれただけなのじゃが、わしは、これこそ、まさに天下無双の剣と確信したのじゃ」

「その鍛錬法とは？」

「相手の太刀を躱《かわ》すことや、受けることを、まったく念頭におかず、まず、相手と相討ちになることから学ぶ。つまり、死ぬことから学ぶのじゃ。……その鍛錬法は、上段から、まっすぐ相手の正面に入り、ただ振り下ろす。それを何度も何度も繰り返すだけなのじゃ」

「……！」

「その奥義を会得すれば、相手の太刀はこちらの体には触れることなく、振り下ろしたこちらの太刀は、間違いなく真額《まびたい》を打ちすえるという」

死を恐れず、ただ構えた太刀を振り下ろすだけという刀法が、並外れた威力と迅《はや》さを生むであろうことは理解できた。

「なんとも、凄まじい剣だ。……嘉平どのをはじめ、三鬼といわれた門弟たちが、その奥義を会得されたわけですか」

誠心館で対決した幻鬼の遣った剣が、その無住心剣流に違いなかった。

「いや、わしも三鬼も、悟道《ごどう》の域には達しなかった」

それ故、三年前、嘉平はその奥義を会得した者に娘を嫁にやり、道場の跡を継がせるといって修行の旅に出した、という。

「ゆいどのを嫁に……」

少なくとも、幻鬼は無住心剣流を会得している。あの野辺《のべ》の石仏のような顔は、死をも超越したからではないのか。しかも、猿鬼も水鬼も、同じ域に達している可能性があるのだ。

「……いや、三人ともなみなみならぬ技倆《ぎりょう》をもっておるが、五年や十年の修行で奥義を自得できるとは思っておらぬ。場合によっては、一生かかっても無理かも知れんぞ。……それが分かっていたからこそ、わしは、三人を旅に出した。無益な争いを避けるためにな」

「すると」

嘉平は、旅に出すことで、技倆の互角な三人の争いを避けようとしたようだ。ていよく道場から追っぱらったということだろう。その心底《しんてい》には、三人のうちの誰にも娘をやりたくないという気持が働いていたのかも知れない。

「もっとも、真に無住心剣流の奥義を自得する者がおれば、喜んでゆいをやる肚《はら》じゃ。その者こそ、天下に比類なき剣術者となろうからな」

嘉平は起《た》ちあがった。道場の板壁に掛けてあった撓《しない》を一本ひっ下げて戻ってくると、右手一本でびゅうびゅうと素振りをくれた。老いたとはいえその凄まじい太刀風に、燭台の炎がゆらゆらと揺れた。

「しかし、幻鬼どのは、すでに」

直二郎は前に立った嘉平を見上げた。

「いや、あやつの剣は、妖剣じゃ」

「妖剣！」

「無住心剣流の奥義は、一切の剣術の所作《しょさ》を捨てることにある。……敵の一毛《いちもう》も傷付けぬよう柔らかく、赤子のような無垢《むく》な心で対峙《たいじ》し、その一切の迷いや無駄な動きを捨て去ることで、敵を竦《すく》ませる威圧と地を割るような凄まじい太刀筋を生みだすことができる。ただ、真一文字に打ち込むその剣の激しさと迅さは、何流をもってしても受けることができぬのじゃ。まさに、天下無双の剣」

「……！」

「わしは、もう一つ条件をつけた。無住心剣流を自得したら、その剣で、江戸の五流を破ってみろと、な」

「五流を！　何ゆえに？」

無住心剣流が天下無敵の剣ならば、他流と対戦する必要はあるまいと思ったのだ。

「どのような仕合をするか、見たかったのじゃ。無住心剣流の真の極意は、相手を斃すことにはあらず。……己より弱き者に勝ち、己より強き者には敗れる。これを畜生の剣とし、闘わずして勝つか、あるいは、相ヌケとして、互いに剣を引くか、そのような仕合ができてこそ、悟道をなしえたと見なすことができるのじゃ」

「すると、比留間半造どのや市之丞どのを破った者は」

「真の極意を自得しておらぬという証拠じゃ」

「嘉平どの。五流と仰せられましたな」

「さよう」

「すると、まだ、二流残っていることになりますが？」

理由は分からぬが、三鬼が共謀して、直心影流、鹿島新当流、心鏡流草鎌と対戦したと考えられる。相ヌケが、理想的な仕合とするなら、すでに、三流は破ったと見なされる。おそらく、これから、残る二流に仕合を挑むつもりなのだろう。

「いや、残るは、一流じゃ」

「一流！」

「すでに、神道無念流のこのわしが、幻鬼に敗れておる」

「なんと！」

「旅から帰った幻鬼は、まず、わしに挑んできおった。木太刀を構えただけで、打ち合ってはおらぬが、あやつの妖剣に敗れた。道場主であるわしは、名ばかりで幻鬼の傀儡《かいらい》にすぎぬ」

「すると、それで、ゆいどのを誠心館に預けられたのか？」

「そうじゃ。幻鬼は、どういうわけか、敵と仕合う前、異常に興奮し、女人を獣のように求める性癖《たち》がある。そばに、ゆいがおれば、間違いなくなぶりものにする。

それで、甚左衛門どのにお預けしたのじゃが……」

嘉平は、皺の多い顔に濃い苦悩の影を刻んだ。

五

「嘉平どの。幻鬼に、神道無念流で敗れたと仰せられましたな」

「いかにも」

「なぜ、無住心剣流で立ち合われなかった。たしか、比留間一心斎どののときも、無住心剣流を遣わずして敗れたと聞きおよんでおりますが？」

「たとえ、開悟《かいご》の域に達していなくとも、あの剣をもってすれば、一心斎に勝ち、幻鬼にも後《おく》れをとるようなことはなかったのではないか。

「わしの無住心剣流は、まさに、狂乱の剣。その剣で仕合うことはできぬのじゃ」

「狂乱の剣とは？」

「直二郎どの、面をつけるがいい。極意に達しない我流の無住心剣流がどのようなものか、その目でしかと確かめるがよい」

嘉平は起つと、燭台に火をつけ道場の四隅に置いた。素面素籠手《すめんすごて》では危険だということらしい。それだけ、腕に自信があるということなのだろう。

直二郎が防具をつけ撓《しない》を持ってもどると、嘉平は仄明《ほのあか》りのなかで、三間ほどの間合をとり、いざ、といって構えた。右手一本の上段。

「直二郎どのまいられい！」

拳が額の上にくる右片手上段。幻鬼が誠心館でとった構えと酷似している。

直二郎は切っ先を左眼につける青眼《せいがん》にとった。右上段に応じた構えである。柳生《やぎゅう》流では、片目はずしという。

直二郎は剣気を充実させ、一足一刀の間境《まざかい》にじりじりと近付く。

嘉平は上段に構えたまま、ぴくりとも動かない。その顔も死人のようにぬらりとして表情がまるでない。表情まで、幻鬼に似ている。

テエエイッ！

直二郎は裂帛《れっぱく》の気合を叩きつけると同時に、間境を越えた。

瞬間、嘉平の顔が割れた。割れたと思うほど無表情の顔が一変し、押し潰したように苦悩の表情が表れたのだ。赤子《あかご》が、泣き出す瞬間の顔に似ている。

構えに威圧がなかった。立木のように、あるがままに立っているだけだ。

打てる！

直二郎が、その喉元《のどもと》を突こうと気を起こした瞬間、嘉平は信じられぬ動きをした。

なんと、左眼につけた切っ先を払うことも、避けることもせずにまっすぐそのまま踏み込んできたのである。しかも、いっさい剣の術技、闘気をも完全に捨てた無《む》為自然《いじねん》の動きだった。

イヤッ！

直二郎はそのまま腕を伸ばして突いた。が、当然、とらえたはずの切っ先は踏み込んだ嘉平の喉をわずかにはずれ、肩口の空《くう》を突いていた。思いもよらぬ嘉平の動きに、微妙に手元が狂ったのかも知れぬ。

次の瞬間、

ウワワッ！

嘉平が奇妙な気合を発した。まるで幼童の叫びだった。同時に凄まじい打《だ》に転じた。直二郎は、脳天に、ずーん、という衝撃を感じた。

ウワワワッ！

気合ではない。まさしく、幼童の絶叫だ。続けざまに、凄まじい勢いで撓が振り下ろされた。乱打だ。形も流儀もない。ただ、がむしゃらに打ってくる。

直二郎は必死で、一足一刀の間から跳び逃れた。

間境を越えると、叫び声がやみ、苦悩に歪《ゆが》んだ顔が、今眠りにつこうとしている赤子のようにおだやかな表情に戻っていく。

やがて、嘉平の眼に生気が甦《よみがえ》り、老爺《ろうや》の顔にもどると、上段の構えを静かにさげた。

「……いかがかな、直二郎どの」

「まさに、狂気の剣……！」

もし、面をつけていなかったら、撓とはいえ、直二郎の眉間は割られていたかも知れない。それほどの強打だった。

「わしが、この剣を遣わずに敗れたわけが、お分かりかな」

「はい」

窮鼠《きゅうそ》、猫を嚙むという。

追いつめられ、逆上した素人《しろうと》が、思いもよらぬ動きをすることがある。一時的に、忘我《ぼうが》の境地になり、名人の無念無想と通じる状態に陥るからだともいわれている。

おそらく、捨身になることによって、恐怖や迷いが消え、そのこと一点にのみ集中するからであろう。そして、時には自分でも気付かない潜在能力に火がつき、人間技とは思えぬ異常な力を発揮することになる。

嘉平の剣がそれだった。

己の精神を極度に過敏な状態にしておき、相手の殺気や闘気で、自らを窮鼠の状態に追い込むのだ。したがって、相手の気が強ければ強いほど、激しく反応することになる。むろん、意識してそんなことができるはずはない。

嘉平は、顔貌まで赤子のように一変させた。おそらく、一瞬のうちに野獣に対した小兎《こうさぎ》のような精神状態になりきってしまうのだろう。

しかも、嘉平は素人ではない。神道無念流の達者なのである。剣客として敏捷《びんしよう》に反応する体も研《と》ぎ澄まされた勘も持っている。それが、無念無想の状態になって、ただ、一念に打ち下ろすのである。人技を越えた凄まじい太刀筋が生まれて、当然である。

しかし、これは狂乱状態での剣である。そのようなとき、相手がたとえ主君といえども間境を越えれば、躊躇《ちゆうちよ》なく剣を振り下ろすことになる。

まさに狂気の剣といえた。

「むろん、わしの剣は無住心剣流の極意からはほど遠い。なにものにもとらわれないひろい心を持った無想剣こそ、極意じゃが、ただひたすら相手の剣気に反応することのみを、念じてきたため、このような邪剣が生まれたのじゃ」

「……！」

なまじ一刀流の術技を身につけていたために、かえって己を捨てきれなかったのかも知れない。そのため一種の自己催眠で、無念無想の状態を得ようとしたのではないだろうか。

「幻鬼の剣は？」

直二郎が訊いた。

嘉平と同じとは思えなかった。少なくとも、幼童の悲鳴のような気合は発しなかったのだ。

「あやつの剣もわしと似ておる。……が、妖剣じゃ。剣を振り上げると同時に、半《はん》睡《すい》の状態になるが、相手の剣気を感じとる心のみが覚醒《かくせい》しておる。そして、相手の剣気に対して妖魔のごとく反応するのじゃ」

「妖魔のごとく！」

「体が勝手に動くのじゃ」

「……！」

おそらく、一種の自己催眠により、無念無想の境地を得ることは同じなのだろう。嘉平と違うところは、半睡状態におくことですべての雑念を捨て、相手の剣気から予測される動きを無意識裡に読みとって、体が自然に反応することなのだろう。

剣気に対して反応する点も、相手を構わず反撃する点も同じだが、相手の攻撃に応じて体が勝手に反応する点が異なる。ただがむしゃらな嘉平の打ち込みの剣に対して、幻鬼のそれは、妖魔のごとき体捌《たいさば》きを生む。

直二郎は、飛び込んでいった宗源の前で曲がったように見えた幻鬼の体の変化を思いだした。まさに、妖剣というに相応しい剣体一致の恐ろしい剣だ。

（俺は、あの剣に勝てるのか）

直二郎は駄目だと思った。直心影流の神髄をもってしても、無我の境地から無意識に体が反応する幻鬼の剣には、太刀打ちできそうもなかった。

（打ち破る術《すべ》はないのか……？）

あのときのように、己の殺気を断ち切るより方法はないように思えた。しかし、それでは勝負にならない。永久に打ち込むことができない以上、相手が構えるのと同時に尻を捲って逃げ出すのと同じことになる。かといって、幻鬼との勝負を避けることはできない。

「嘉平どの、幻鬼の剣に勝てる手立てはありましょうか？」

と思わず訊いた。

「ない。……あやつを打とうとしても、打つことはできぬ」

嘉平は苦々しくいった。

「…………」

「なんとしても、幻鬼の剣を封じねばならぬが……」

言いながら、嘉平が立ち上がった。その不安を映すように、燭台の焔《ほむら》がゆらゆらと揺れた。

第四章　一《いち》ノ太刀《たち》

一

神田《かんだ》にある玄蔵の店「枡屋《ますや》」を出た直二郎《なおじろう》と玄蔵は、自宅に向かってぶらぶらと歩いていた。

直二郎が、嘉平《かへい》から聞いた話を伝えるために玄蔵を訪ねると、「たまには、板前のつくるもので一杯やるのもいいでしょう」と誘われたのだ。

夜もだいぶ更《ふ》け、通りに並ぶ各店《たな》は厚い板戸を閉めきって、ひっそりとしている。寒空の下を歩く人影もない。

「枡屋」で渡された提灯《ちょうちん》に目を落としながら、直二郎は嘉平から聞いた話を玄蔵に伝えた。

「するってえと、半造《はんぞう》と市之丞《いちのじょう》を殺《や》ったのは、五流を斃《たお》すためで？」

「いや、前にも言ったが、宗源《そうげん》や象山《しょうざん》を斃さなければ、心鏡《しんきょう》流や新当《しんとう》流を破ったことにはなるまい」

「………」

「半造と市之丞が、斃されたことで何が起こったか、そこをじっくり考えてみた」

「へえ」

「宗源と象山、それに比留間《ひるま》一門は、自流の名を守るために三鬼を斃さねばならなくなったわけだ。つまり、半造と市之丞の死は、果たし合いの挑戦状をたたきつけたと同じ結果を生んだことになる」

「確かに、宗源や象山は敵《かたき》を討つとやっきになってましたからな」

「どの流派も、遺恨《いこん》を残すという理由で他流仕合は禁じているはずだ。……尋常《じんじょう》な手段では、撓《しない》を合わせることもできまい。そこで——」

「はじめに、強烈な爆薬を、各門に投げ込んだってわけで？」

「そういうわけだ」

「それにしても手がこんでやがるな」

玄蔵は、足元に目をやりながら呟《つぶや》くように言った。

「それだけが、狙いではないだろうがな」

「あっしもそう思いやす。もう少し根は深《ふけ》えような気がする。……ところで直さん、はやまったことはなしですぜ」

直二郎の顔を見ながら、玄蔵が思い出したように言った。

「玄さん、どういうことだ？」

直二郎は歩をとめて、玄蔵を振り返った。

「何ね、近頃の直さんは、狐にでも憑《つ》かれたような顔をしてるんでね。目ばっかり、狂った犬みてえにギラギラさせてますぜ」

「……！」

幻鬼と宗源の立ち合いを目撃してから、直二郎は毎夜自宅の庭で木太刀《きだち》を振っていた。鍛錬《たんれん》のための素振《すぶ》りではない。仮想の敵である幻鬼《げんき》と毎夜対戦していたのだが、今だ一太刀も打ち込めないでいた。焦燥《しょうそう》と恐れで眠れぬ夜が続いていたのだ。

「あっしには、剣術のことはよく分からねえが、そんな目をしてるときは、勝てねえと思いやすね」

「………」

玄蔵の言うとおりだった。直二郎は幻鬼の剣に追いつめられていたと言っていい。このままの状態で立ち合えば、結果はみえていた。

玄蔵はこのことを言うために、わざわざ「枡屋」に連れ出したようだ。歩きだした玄蔵の少し曲がった背を見ながら、直二郎は胸にこみあげてくるものがあった。

その翌日——。

同じ湯島に住む吉助《きちすけ》という岡っ引が、伝通院《でんづういん》近くの稲荷《いなり》から小倉袴の女を運んだという駕籠《かご》かきの居所をつかんできた。

「玄よ。湯島天神近くの中兵衛長屋に住む長次《ちょうじ》と喜平《きへい》というやつらしい」

吉助は同じように朝倉兵庫之助《ひょうごのすけ》の手先を務める岡っ引で、玄蔵より二、三歳若いはずである。二十年来の仲間で、玄、吉と呼び合う仲である。

「確かか？」

「間違いねえ。長屋の連中に、男の装《なり》をした娘を運んでたんまりもうけたって、自慢してたそうだ」

「今は？」

「なんでも、この二、三日、まっ昼間っから、酒をくらって寝てるって話だぜ」

「よし。……吉、手を貸してくんな」

玄蔵は十手を腰にさして、立ち上がった。

「そのつもりよ。……必要なら、平吉《へいきち》や文治《ぶんじ》にも声をかけるが？」

平吉と文治は、吉助の息のかかった下っ引である。

「その必要はあるめえ」

駕籠かき二人なら、吉助の手を借りれば十分である。しかも、昼間から飲んだくれているという。万に一つも捕り逃がすことはないだろう。

湯島天神から不忍池《しのばずのいけ》方面に三町《ちょう》ほど行った池の端《はた》に、中兵衛長屋はあった。一膳めし屋と紙屋の間の路地を入った奥にあり、間口九尺《まぐちくしゃく》の割長屋が二棟《ふたむね》向かいあって、つきあたりに小さな稲荷がある。その赤い鳥居の前の日溜まりで、まだ四、五歳と思われる童女が二人、屈《かが》み込んで土の上に石でなにやら描いていた。

穏やかな午後の裏長屋の風景である。

「ちょいと、すまねえが……」

井戸端で洗濯物をしていた女に玄蔵が、声をかけた。

髪はまだ黒々としていたが、ふり仰《あお》いだ顔は前歯が何本か欠けていて皺《しわ》が多く、老婆のように見えた。亭主に殴られて歯をなくしたのだろう、左目に薄い隈《くま》ができている。

「この長屋に、長次と喜平という駕籠かきがいるって、聞いてきたんだがな」

玄蔵はにこりともしないで訊いた。

「あんたは？」

女は急に顔をこわばらせた。長屋の連中はよそ者に対する警戒心が強い。

「湯島に住む、玄蔵ってもんだ。細引《ほそびき》の玄蔵ともいわれている」

背中から抜いて、十手の柄を見せた。鉄棒の先をつきつけると、女、子供は竦《すく》んでしまって、口を閉じてしまうのだ。そうでなくとも、岡っ引は割長屋に住むような連中に嫌われている。

「へえ、あんたが、細引の親分さんかい？」

腰にぶらさがっている熊手を目にとめて、女は驚いたような顔をした。

「ああ、……でもよ、こいつあ、滅多なことじゃあ使わねえから安心しな」

「恐《こえ》え人だが、貧乏人にはやさしいってえ話を聞いたことがあるよ。……あたしゃあ、おまさってえんだ」

おまさは、いいながら起ちあがると、くの字に曲がった腰をのばした。

「で、長次と喜平の部屋は？」

「一番奥の稲荷の右手、だんな、気をつけた方がいいよ。あいつら、乱暴者なんだから」

おまさは顔をしかめた。二人は長屋では鼻つまみ者らしい。

「今、いんのかい？」

「そういゃあ、今日は、やけに静かだね。夕べまで、酒を飲んで騒いでやがったが……」

首をまわして背後を振り返りながら、おまさは不審そうな顔をした。

「ちょいと、覗《のぞ》いてみらあ」

玄蔵と吉助は、井戸端を離れた。

近付いてきた見知らぬ二人の男に、稲荷の前で遊んでいた二人の童女は、小さな着物の裾をひるがえして、バタバタと我が家に駆け込んだ。

板戸が閉まっている。

玄蔵が、隙間から覗き込んだ。

「まずい！」

あがり框《がまち》から、大根のような足が一本ぶらさがっている、のが見えた。

玄蔵は十手の先を板戸の下にさして、こじあけた。

土間に足を踏み入れた瞬間、ぷーんと血の濃臭がした。

あがり框のところで一人、奥の壁に座ったまま凭《もた》れかかってもう一人。いずれも、不精髭《ぶしょうひげ》は伸ばし放題、腹掛けの上に汚れた半纏《はんてん》を肩口にひっかけたまま、眉間を石榴《ざくろ》のように割られて死んでいる。血飛沫《ちしぶき》が壁や畳をどす黒く染め、畳に溜まり、土間にまで滴《したた》り落ちている。酒盛りの最中に殺られたのだろう。徳利《とくり》と縁《ふち》の欠けた茶碗が二つ、畳の上に転がっていた。汗と血と酒の混ざりあった饐《す》えたような臭いが、充満していた。

「口封じだな……。ひでえことをしゃがる」

吉助が死人の顔を覗き込んで、眉間に縦皺を寄せた。

「どっち一太刀。神田《かんだ》と谷中《やなか》のものと同じ太刀筋だぜ」

「侍か？」

「間違いねえ。それも、恐ろしく腕のたつやつよ。……ところで、吉、こいつらのことを誰から聞き込んだ」

「この長屋の、久六《きゆうろく》ってえ、傘屋だ。てめえで張ったばん傘を売り歩いてる」

「よし。そいつから詳しく話を聞いてみよう」

二人は外にでた。

気配で異状を嗅《か》ぎとったらしく、長屋の住人が、入口付近を取り囲んでいた。亭主連中は、仕事に出払っているらしく女子供が多い。どの顔も怯《おび》えていた。

「おい、最近、二人と話したやつはいねえか？」

吉助が大声をだした。

一瞬、お互いの顔を見合った後、急いで首を振る者が多かった。吉助の嗄《しやが》れ声に怯えたのか、小さい子供は母親の尻にまわって、しがみつく。

「傘屋の久六さんの身内は？」

玄蔵が訊いた。

「あっしが、久六だが……」

でっぷり太った女の背後から、瘦《や》せた小男がひょいと顔をだした。

「なんでえ。久六、いたのかい」

　吉助が言った。女の陰に隠れて見えなかったようだ。

「こう、おてんとう様に毎日、機嫌のいい顔を見せられちゃあ、傘屋は首をくくるよりほかにねえぜ。……商売になんねえんで、帰《けえ》ってきちまったのよ」

　久六は頭を掻きながら、おずおずと進み出た。

「探す手間がはぶけたぜ。ちょいと、話を聞かせてくんな」

　吉助が、長屋のおかみさん連中の視線を気にしている久六の袖をつかんで、赤い鳥居の脇までひっぱっていった。集まった視線の中では、喋《しゃべ》りたくとも喋れなくなるのだろう。

「どこで、殺された二人と会ったたって？」

　念をおすように、吉助が訊いた。

「天神様近くの『ふくや』てえ、一膳めし屋。……めずらしく、傘がよく売れたんで、一杯ひっかけて帰ろうと思って寄ると、二人とも、もう、できあがっていやがった」

「確か、浪人風の侍に頼まれて、娘を運んだと言ったな？」

「へえ、そう話してやした」

「どこまで、運んだと言ってた？」

玄蔵が、脇から訊いた。ゆいを運んだ場所が判《わか》れば、すぐにでも探索の手がむけられる。

「確か、千住《せんじゅ》大橋近くの大川端だと話してましたが……」

「橋を渡ったのか？」

千住大橋の先には日光街道が続き、百姓の家が点在するだけの寂しい道になるはずだった。

「さあ、そこまでは……」

「聞いてねえのか？」

「へえ。ただ、近くに古い土蔵があったとは、言ってやしたが」

「古い土蔵……」

そこに、監禁されてるに違いねえ、と玄蔵は思った。殺す気なら、わざわざ大川端まで運ばなくてもいいのである。

おそらく、橋の手前の街道筋から外《はず》れた古い商家の土蔵にでも、閉じ込められているのだろう。大川を渡った先に、武家の娘を隠しておけるような屋敷があるとは思えなかった。

（よし、総出で、探らせよう）

玄蔵と吉助の息のかかった下っ引を総動員すれば、それほど日数はかかるまいと思えた。

「久六さんよ。その話、向こうからしてきたのかい？」

玄蔵は、なぜ、今になって駕籠かき二人を始末したのか、気になった。口封じなら、運び終わった後、すぐにやればいいのである。人目につかない場所と時を選んで運んだのだから、その場でばっさりやっても構わなかったはずだ。

「いえ。……めずらしく銭を持っているようだったもんで、ちょっと、あっしの方から、訊いたんですよ。いい客でも拾ったのかい、ってね。どうせ、あこぎなことをやったに違《ちげ》えねえとは思ったんですけどね」

「それで？」

「喋ってはならぬ、そのかわりといって、酒代に一両くれたそうで……」

「気前のいい侍だ」

一両といえば大金である。その日暮らしの駕籠かきが、小判を手にして、喋るなという方が無理である。少し、酒でもはいれば、顔見知りをつかまえて喋りたくなるだろう。

どこかで喋っているのを目にしたか、あるいは、やっぱり信用できぬと思い直し、長屋に訪ねてきて、ばっさり――、ということなのかも知れない。

「しかもね、二度目だというんですよ」

「なに！」

玄蔵の声が急に大きくなった。

「なんでも、十七日の夜だそうで……」

「そんとき運んだのも、やっぱり娘か？」

「そ、それが、男か、女かも判らなかったそうで……」

「馬鹿言っちゃあいけねえ。てめえたちで乗せたんだろうが？」

「あっしもそう思いやしてね。二人とも、目はねえのかい、ってからかってやったんですよ。するってえとね」

久六の思いだしながら喋った話をまとめると、こうなる。

空駕籠《からかご》を置いてめしでも食ってこい、と銭を渡され、半刻《はんとき》（一時間）ほどして戻ると、中に何か入っているらしく、ずっしりと重かった。

誰なんです？　と訊くと、誰でもよい、見てはならぬ、と中を見るのをとめられたそうだ。ただ、経験から、中に入っているのは、人で、大人一人ほどの重さだったという。

目的地に着いた後も、半刻ほど駕籠から離れるように言われ、戻ると中は空になっていたというのだ。

「ということで、運んだ当人たちも、誰だか分からなかったそうで」

「うむ……」

十七日というと、半造と市之丞が殺された夜だった。

（まさか！）

駕籠の中身が、半造か市之丞の死体だったとしたら、事件の様相は根本から変わってくる。

（もしそうなら、はじめっから、考え直さなけりゃなんねえぜ）

玄蔵は十手の先で、肩口をせわしく叩きだした。

いつまでも黙り込んだままの玄蔵に、痺《しび》れをきらして、

「どこなんでえ？　その駕籠で運んだという場所は？」

と吉助が訊いた。

「そ、それが、ちょうど、その話をしていたときに、店に深編笠の侍が入ってきやがって、二人が蒼《あえ》え顔して、黙り込んじまったもんで」

「浪人か？」

「へえ。見るからにむさくるしい男で、とても、一両もはずんだ人とは、見えなかったがね」

久六も馬鹿ではないらしい。そのとき、入ってきた侍と、駕籠かきを雇ったという侍をつなげてみたのだろう。

を止めたのかも知れない。

「………」

あるいは、その侍の姿を見て、改めて口止めされていたことを思い出し、喋るのを止めたのかも知れない。

「顔は？」

「むこうを向いたまま深編笠をとったもんで」

「見なかったのか？」

「へい」

「久六、それだけで、店を出ちまったのかい？」

玄蔵が訊いた。

「へい。あっしも、急に酒がまずくなっちまって、一本飲んだだけで……。ただね」

「ただ、なんだ？」

「ちょいとだけ、耳にしたんですよ。その侍が、長次と喜平に話してるのを」

「ほう」

「俺は、三河《みかわ》の国の出だ、とか、言ってたようでしたが」

「なに！　三河の出だと」

水鬼《すいき》だ！

深編笠の侍は、三河水鬼らしい。もし、半造か市之丞の死体を駕籠で運んだとすれば、二人を殺したのは水鬼ということになる。

「久六、ありがとよ。助かったぜ」

これ以上、久六から訊き出すこともなさそうだった。

「久六、もう一つ、頼みがある」

「へい……」

「すまねえが、ひとっ走りいって、二人が殺られてることを番屋に知らせてくんな」

殺しである以上、奉行所の検死も必要だし、下手人を探すための調べも開始されるだろうが、今は、千住大橋付近のゆいを監禁しているであろう土蔵を探しだすことが先だった。

玄蔵は、今からすぐに手の者を集めて、探索を開始する肚でいた。

尻っぱしょりして木戸を駆けていく久六の後を追うように、玄蔵と吉助は、中兵衛長屋をでた。

二

「ま、毬谷《まりたに》どの！　待たれよ」

呼ぶ声に、直二郎が振り返ると、長谷川道場の青木という若い門弟がこわばった顔で駆けてきた。

午後の稽古の後、その後の探索の様子を聞こうと玄蔵の家に向かっていた途中である。

青木はよほど急いで走ってきたらしく、息があがってしまっている。

「いかがいたした？」

「え、猿鬼どのが……」

「三年前、修行の旅にでられたという御仁《ごじん》か？」

「はい。……その猿鬼どのが、今、比留間道場の手の者と」

小石川の水戸屋敷の裏手の火除地《ひよけち》で、比留間道場の手の者二十数名に取り囲まれているというのだ。

「猿鬼どの、一人か？」

「はい」

「まずいな」

いかに、猿鬼が剣の達者とはいえ、剣の心得のある武器を持った集団に囲まれたら敵《かな》うはずはない。かりに、鬼神のごとき剣技を身につけていようと、三人も斬り斃せば、刀は使いものにならなくなるし、正面の敵に対峙《たいじ》しているときに、側面や背後からこられたら防ぎようがない。

当然、集団を相手にするときは、側面や背後から打ち込まれないよう絶えず動きまわって闘うことになるが、それも限度がある。中に槍《やり》でも持っている者がいたら、二十人どころか二、三人でも敵わないだろう。

「……一緒にいた石川新吾《いしかわしんご》と河合達之進《かわいたつのしん》が、道場に走りました」

石川と河合は長谷川道場の門弟である。現場を目撃した三人が、連絡に走ったのであろう。

「とにかく、急ごう」

助けを求められている以上、放っておくわけにもいくまいと思い、直二郎は袴の股立《ももだち》をとった。できれば猿鬼の剣を見てみたいという気持もあったのだ。

（猿鬼の剣も、無住心剣流なのか）

それによって、比留間市之丞、半造の兄弟と仕合ったかどうか、判断できる。場合によっては、ゆいの行方を摑《つか》めるかも知れない。

直二郎は、木太刀の入った剣袋を摑《つか》んだまま駆けだした。

その四半刻《はんとき》(三十分)ほど前。

猿鬼は、比留間道場の門からでてくる佐久象山の姿を目にとめた。

白髪、白装束の陰陽師《おんみようじ》を思わせる痩軀《そうく》の老人。遠目にもすぐそれと知れる。

猿鬼の脳裏には、抜身《ぬきみ》を右肩に当て、なんの躊躇《ちゆうちよ》もせずに間境を越えて突進してきた象山の捨身《すてみ》の気迫と太刀の鋭さが、焼きついていた。

(どうあっても、象山と比留間右近はこの手でやらねば)

左腕を奪われた恨みもあったが、それよりも、一人の剣客として決着をつけねばならぬ相手だった。

嘉平のいう江戸の五流との対戦に、鹿島新当流佐久象山と一刀流比留間右近をはずすことはできないと肚に決めていた。

以来、猿鬼は一対一で対戦できる機会を狙っていたのだ。

切断された左腕は、細引で強く縛り止血し、焼酎で切口を消毒して、油紙を巻き付けてあった。まだ痛んだが、化膿《かのう》の心配はなかった。動物的な体軀の持ち主である猿鬼は、傷に対しても、常人より早い回復力をもっていたといえる。

象山は若い門弟を一人従え、水戸屋敷の方に歩いて行く。

従者が門弟一人なら、それほど勝負の妨げになるとも思えなかった。相手と対峙する前に、門弟を斬り斃せばいいのである。猿鬼の足の疾《はや》さと跳躍力が、それを可能にするはずだった。

猿鬼は巧みに跡を尾《つ》けた。

象山と門弟は、伝通院の門前から小石川の療養所の前を水戸屋敷の方に向かって歩いていた。

（誘いこんでやるか……）

猿鬼は駆けだした。

二人を追い越して前にでるつもりだった。足音を消し、獣の疾駆を連想させる異常な疾さである。

まわり道をして、前を歩いていた二人より、一町ほど前にでた。

猿鬼は、いかにも偶然通りかかったというふうに武家屋敷の長屋門の角から、ふらりと姿をあらわした。象山に自分の姿を目撃させるためである。

自分の姿を認めれば、象山はかならず尾けてくると読んでいた。短軀で左腕のない猿鬼の姿は、遠目にも容易に判るはずだった。

そうやって、仕合うのに利のある場所に象山を誘いこむつもりだったのだ。

猿鬼は、どちらかといえば、人の心を読んだり、策を弄《ろう》したりするのは得意ではなかったが、こと勝負に関してはまったく違っていた。動物的な勘が働くのか、常人の思いもつかないような奇策をめぐらせ、即座に実行に移す。それが生き死にの勝負の場合、不思議と功を奏することが多かった。

思ったとおり、象山は尾けてきた。

猿鬼は、水戸屋敷の裏手の火除地に誘うつもりだった。人目を避けるのに適していたし、枯れ草の残っている荒地は、地を擦《す》るようにして間境に突進してくる象山の足を奪い、跳躍力に優れている猿鬼に有利に働くはずであった。

二町《ちょう》ほど歩いたとき、背後を尾けてくる門弟の気配が消えた。

猿鬼は、門弟の存在はそれほど気にしていなかった。象山のような一徹な老人が、死を恐れて助太刀を頼みに走らせるとは考えられなかったからだ。むしろ、象山が門弟の無駄死《むだじに》を避けたか、勝負の邪魔になると判断して一人になったのだろうと思った。

だが、猿鬼の読みはまったくはずれていた。門弟が消える直前に、象山は一緒に尾けていた田宮という門弟にこういったのである。

「あやつ、わしらが、尾けていることを知っておる。……いや、知っておるどころか、わしらを、誘っておるようじゃ。老人の歩く速さに、あわせておるわ」

ごく自然に猿鬼は歩いているように見えたが、象山はその微妙な遅さを感じとっていた。しかも、象山の目に、その遅さは尾行を意識したものに映ったのだ。

「いかが、いたしましょうか？」

田宮も、猿鬼の恐ろしさを知っていた。

「比留間道場へ走れ、行き先は、水戸どのの裏手にある火除地じゃ」

「はッ」

その場で、田宮は脇道に逸《そ》れ、道場に向かって引き返したのである。

その時点で、象山にも猿鬼の肚が読めていた。同時に、足場の悪い荒地で仕合ったら、どういう結果になるか、はっきりと判った。

象山が相手の懐に飛び込み、右肩に担《かつ》いだ剣を打ち込むのより迅く、猿鬼は頭上に跳ぶはずだった。

（わしには、あやつの袴の裾ぐらいしか切れまい）

それにひきかえ、猿鬼の頭上からの斬撃は、間違いなく頭蓋《ずがい》を砕《くだ》くはずだった。

（死ぬな……）

象山には、朱《あけ》に染まって地に伏す自分の姿が見えた。

しかし、象山は自分の死を恐れて、田宮を比留間道場に走らせたわけではない。

道を極めた者のみが持つ、道のために死ぬ潔さは、象山も持っていた。

ただ、象山は自分が敗れることで、猿鬼を取り逃がすことを恐れたのだ。比留間一心斎から預かった半造を死なせ、聖武館の近くで、右近との勝負に割ってはいって、不覚にも猿鬼を一度取り逃がしている。

(今度こそ、あやつを仕留めねばならぬ)

その強い念《おも》いが、田宮を比留間道場に走らせたのだ。

両者はそれぞれの思惑を肚におさめたまま、一定の間隔をとって歩いていた。水戸屋敷の裏に広がっている火除地に到着すると、猿鬼は枯れ草を分けながら十間ほど進んで、ふいに立ち止まった。

象山はすでに袴の股立をとり、ゆっくりした足取りで一歩一歩近付いてきた。むろん、象山が時間をかせぐために、歩を遅くしているとは猿鬼は思ってもみない。

「臆《おく》したか、佐久象山!」

猿鬼は振り返ると、濁声《だみごえ》をはりあげ抜刀した。

象山は、枯野に足を踏み入れる手前で歩を止めた。そこから先に、踏み込むことの危険は分かりすぎるほど分かっていた。

「猿！　小賢《こざか》しいぞ」

「象山、片腕の猿に恐れて、近付けぬか」

「猿、わしが踏み込んだら、跳ぶつもりじゃろう。おぬしこそ、こっちへ来るがいい」

象山はまだ抜いていなかった。象山にとっては、こうしたやりとりも、比留間一門が道場から駆けつけてくるまでの時間かせぎの一つであったのだ。

「そこで動かぬ気なら、俺の方から行くまでよ」

猿鬼は、刀を掴んだ右手を横に真一文字に開いた。走り寄り、跳躍するための構えである。

そのとき、象山は背後に駆け寄ってくる大勢の足音を聞いた。

比留間道場の手の者が、やっと着いたのだ。

「猿、逃れられぬぞ」

言いざま、象山が抜刀した。

「うぬ」

瞬時に、猿鬼も自分の置かれた状況を理解した。武器を手にした門弟たちに包囲されたら、いかに腕の差があろうと、まず勝機はない。とるべき方法は一つだった。象山に走り寄り、一撃で斃し、門弟たちが駆けつけるまでに逃げるのである。

猿鬼の足は、常人より疾い。象山と一太刀交える間はあると判断した。

ぬおおッ！

猿鬼は、象山との間合を詰めるために駆けた。

が、皮肉なことに、十間の枯野は猿鬼にわざわいしたのだ。足下に絡《から》む丈《たけ》の高い枯れ草が、猿鬼の足の疾さを奪ったのである。

象山は、走り寄る門弟たちの方に後ずさった。

十数間象山を追ったが、これ以上近付いたら囲まれる、と判断した猿鬼は、今度は自分が逃げるために反転した。が、その体がつっ立ち、足が止まった。

前後左右から五人前後の集団が、白刃をひっさげ円を狭《せば》めるように走り寄ってくるのである。

チッ！

猿鬼の顔に焦りの色がういた。

完全に包囲されている。逃げ場がなかった。

おそらく、門弟たちは近くで包囲するように分散してから、駆け寄ったのであろう。

その門弟たちが猿鬼を取り囲む様子を偶然目にしたのが、近くを通りかかった長谷川道場の三人の門弟だったのである。

「このまま、すておくわけにはいかぬ。石川と河合は道場へ走れ、拙者は毬谷どのに知らせる」

三人は二手に分かれ、火急を知らせるために走ったのであった。

三

直二郎が先導する青木と水戸屋敷の裏手の火除地に着いたとき、猿鬼と比留間道場の門弟たちの闘いはすでにはじまっていた。

猿鬼は右手で刀を振り上げたまま、枯野をまさに猪《いのしし》のごとく猛進していた。囲みの薄いところを一気に突破しようとしているらしい。

すでに、猿鬼に斃されたらしく、地に伏して動かない門弟の姿もある。

一町ほどの距離から、直二郎は駆けた。

「行く手へ、まわれ！」

象山の声がとぶ。

門弟たちの円が割れ、ばらばらと猿鬼の先へまわり込み、行く手を阻もうとする。

チャリン！

脇から斬り込んだ門弟の太刀を、走りながら猿鬼が払った。

太刀を払われた門弟の足が止まり、棒立ちとなったその一瞬、野猿のような身のこなしで跳び込み、上段から斬り下ろす。

頭蓋を砕く鈍い音がし、額から顎まで割れる。血が噴きあがる。

叢《くさむら》に倒れる音だけで、悲鳴も呻《うめ》きもない。

が、斬り下げたために猿鬼の足がとまった。その瞬間、別の門弟の太刀が、背後から襲った。踏み込みの鋭い長身の男である。

猿鬼の着物の背中が裂け、血の線が走る。

ぬおッ！

猿鬼は咆哮《ほうこう》を発し、振り向きざま太刀を横に薙《な》ぎ払った。

ごっ、という骨を断つ音と同時に、背後の門弟の右腕が太刀を持ったまま血の糸をひき、宙天に飛んだ。

ギャッ！という悲鳴をあげ、切断された腕を腹に押し込めるような恰好で蹲《うずくま》り、ごろごろと枯野をのたうち回る。

猿鬼が横に薙いだ一瞬の隙をついて、

「一ノ太刀、受けてみよ！」

象山が懐に跳びこんだ。

太刀を肩口にあてて、左脇から一直線の入り身である。

受けることも、斬ることもできぬと直感した猿鬼は、咄嗟《とっさ》に、跳躍した。

象山の太刀が胴を払い、猿鬼の太刀が、頭上に跳びながら眉間《みけん》を打つ。

猿鬼の体が空中で折れ曲がり、横にふっ飛んだ。そのまま地面にたたきつけられ、切断された腹から血を撒《ま》き、臓腑が溢《あふ》れでた。

猿鬼は、両眼をひき攣《つ》らせ、ギリギリと歯を噛みながら剣先を地面に突き立て、右手一本で身を支え起きあがろうとした。

蟇《ひき》のような顔が歪み、悪童の泣き顔のようになった。

象山は、片膝をついたまままつっ立っていた。

額から滝のごとく流れ出た血が、白装束を真っ赤に染めている。カッと両眼を瞠《みひら》き、歯を剝《む》き、悪鬼のごとき形相《ぎようそう》のまますでに絶命していた。

一瞬の、凄まじい相討ちだった。


一連の動きは、直二郎が一町ほどの距離を駆け寄る間のことである。

（あやつの剣は、無住心剣流ではない）

猿鬼の強さは、動物的な勘と迅《はや》い動きにあることを見てとった。

（が、あの跳躍からの眉間打ちは、同じ疵《きず》を刻む）

比留間兄弟と仕合った可能性は、否定できなかった。

直二郎と青木が走り寄ると、あまりに凄絶な闘いに茫然自失《ぼうぜんじしつ》でつっ立っていた門弟たちの輪が、弾《はじ》かれたように割れた。

「猿鬼どの！」

猿鬼はまだ生きていた。

野獣のように、わずかな生が闘いに執着していた。顔面はすでに血の気《け》がなく、死の相を刻んでいた。溢れ出た臓腑をひきずりながらも、走り寄った直二郎に動かない体が反応し、無意識に身構えている。

「拙者、長谷川道場の者だ」

「………………」

猿鬼は、直二郎の方に細い目を開いた。

「比留間半造、市之丞どのと仕合ったのは、おぬしか？」

「し、知らぬ」

「ゆいどのを、知らぬか？」

「ゆ、ゆい様は、水鬼のもとに……」

それだけいうのがやっとで、猿鬼は、刀をついたまま前のめりに倒れた。

地面に伏した猿鬼は、ピクリとも動かなかった。息が絶えたらしい。

猿鬼と呼応するように、立ち膝のまま死んでいた象山の体が、ゆっくりと朽ち木のように倒れた。

風の中に血の臭いを残して、二人の剣の猛者《もさ》は、枯れ草の中にその姿を埋めた。

それが合図でもあったかのように、周囲を囲んでいた門弟たちの輪が動いた。

「おぬし、長谷川道場の毬谷直二郎か！」

三十前後の眉根の濃い、長身の男が訊いた。抜いたままの太刀には、血糊《ちのり》がある。猿鬼のどこかに一太刀浴びせたらしい。

見ると、蒼ざめた顔の頬から顎にかけて浴びた返り血が、黒く乾いている。切っ先が小刻みに震えているのは、緊張と興奮から覚めていないからであろう。

「いかにも、直心影流の毬谷直二郎だが」

「長谷川道場に入門されたと聞きおよぶが？」

「いかにも」

「一門の遺恨を晴らしたい」

男は、青眼《せいがん》に構えをとった。

さっと門弟たちが動いて、切っ先を直二郎と青木に向けた。

「引かれよ。拙者、比留間道場とは、何の関わりあいもない」

「問答無用……」

門弟たちは、まだ凄惨《せいさん》な闘いの興奮から覚めていなかった。皆一様に、獲物を追う狼のように目を光らせている。

動物的な闘いの本能だけが牙《きば》を剥いていた。その狼の一群のなかに、直二郎と青木は飛び込んだかっこうなのだ。

（己を失っている）

直二郎は剣袋から木太刀を抜いた。

真剣では二人も斬れば、刃はぼろぼろになってしまい、肉に食い込んだ刀が簡単に抜けなくなってしまう。多数の敵とあたる戦場では、こぼれた刃を研ぐ荒砥《あらと》が必需品になっているほどなのだ。

それに、骨まで断ち斬るには、渾身《こんしん》の力を刀身に集めて引き斬らねばならない。その瞬間、動きが止まる。止まった瞬間、脇や背後にいる敵に隙を見せることになる。

斬らずに打つ！

そのために、直二郎は木太刀を遣った。

直二郎は、気合もかけず、青眼の構えで正面に立ち塞《ふさ》がった男の間合にスッと入った。驚いて籠手《こて》を打ってきた相手の剣先をはね上げながら、袈裟《けさ》に打ち下ろし、反転して、背後から斬り込んでくる男の太刀下をすりぬけて、胴を打った。——抜き胴。

呻きながら、二人の男が蹲《うずくま》る。命に別条はないが、骨は砕かれているはずだった。

機先を制し、瞬《また》きする間に直二郎は前後の敵を斃していた。息の乱れもない。流れるような身のこなしだった。

その迅技《はやわざ》に、門弟たちは、息を呑んで二、三歩後ずさった。その顔に、驚愕と恐怖の色がういた。同道した青木も、木太刀を青眼に構えて、脇の敵を牽制《けんせい》している。

突如、

イヤヤヤッ！

腹を抉《えぐ》るような激烈な気合を発しながら、直二郎は正面の敵に突進した。

敵の動揺をついて、静から動へ。――その烈火のごとき勢いに、一瞬、門弟たちは浮き足だち、腰が引けた。

直二郎の突進に、ばらばらと逃げた。

「ひるむな！」

叫びざま、長身の男が直二郎の行く手に立ち塞がった。

「佐竹弾正《さたけだんじょう》、まいる！」

刀を脇に構えた。一刀流では斜構《はすがま》えという。敵の動きに応じて、動作する構えである。

左足を前に踏み出し、切っ先を後方斜め下にさげ、射るような双眸で見据えている。

（こやつ、できる）

おそらく、比留間道場の師範格なのであろう。

直二郎は、上段に構えをとった。背後や脇にいる敵に対して胴ががら空きになる危険な構えではある。

前に攻撃するしかない、その構えをとることで、直二郎は全神経を佐竹に向けたのだ。

佐竹は、脇構えから中段に構えなおし、切っ先を直二郎の左籠手にあわせた。直二郎の斬撃に応じて、籠手を斬り落とすつもりだ。

周りを囲んだ門弟たちの白刃が、ジリッと狭められる。

直二郎の背にひっついた青木の背が、恐怖と興奮とで震えているのが伝わってくる。

「ただ、青眼に構えていろ！」

背中の青木に一喝《いっかつ》し、直二郎は覆い被さるような大きな上段の構えから、打つぞ！という気を満身に漲《みなぎ》らせ、相手を威圧した。天の構え、火の構えというに相応《ふさわ》しい左諸手《もろて》上段である。

構えから発する激しい闘気に、竦《すく》んだ佐竹が、二、三歩後ずさった。

刹那《せつな》、
イヤアッ！

直二郎の体が前に跳び、左籠手に伸びかけた佐竹の刀身を叩いた。激しい打撃に、手から離れた刀は、三間ほど跳ね飛ばされ、叢につき刺さった。

間髪《かんはつ》をいれず、逆袈裟に斬り上げた直二郎の二ノ太刀を脇腹に受けた佐竹は、その場に倒れて失神した。

そのときである。

「引け、刀を引けッ！」

割れんばかりの大声に振り返ると、巨軀《きょく》の侍を先頭に駆け寄ってくる二十人前後の集団が見えた。比留間右近とその一統である。

「刀を引けいッ！」

右近は巨軀を震わせ、怒りに両眼を燃えあがらせていた。

「血迷ったか！　たった二人を相手に、これだけの者が取り囲むとは、比留間道場の名折れぞ」

右近の怒りは、門弟たちに向けられていた。

「しかも、木太刀を相手に白刃をふりかざし、たとえ、勝ったとしても、世間の者はなんと見る。比留間一刀流が笑い者になるだけということが、分からぬか」

「しかし、象山どのが……。それに、朝倉、花井も……」

朝倉、花井というのは、猿鬼に斃された門弟なのだろう。死者三名、腕を切断された者もいる。門弟たちにしてみれば、色を失って当然なのかも知れない。

「恥を知れ！　相討ちされた象山どのはともかく、たった一人を取り囲み、討たれて逆上するとは何事だ！」

叱咤《しった》され、直二郎と青木を取り囲んでいた門弟たちは無言で頭を垂れた。

「毬谷どのも引かれよ」

右近は直二郎に向き直った。

「長谷川道場に入門されたとはいえ、直心影流には、何の遺恨《いこん》もござらぬ。門弟たちの無礼、お詫びつかまつる」

右近は巨軀を傾けるようにして、直二郎に頭を下げた。右近は、剛剣、勇猛果敢で名をなしているが、武士としての道理をわきまえているようだ。

「むろん、当方には、何の遺恨もござらぬ」

直二郎は剣袋を拾いあげ、木太刀を納めた。

そのとき、周囲を囲んだ門弟たちの背後から、新たに走り寄る集団の足音がした。

長谷川道場の門弟たち。――先頭に、幻鬼がいる。

道場に走った石川、河合が、居合わせた門弟たちをかき集めて馳《は》せ参じたらしい。

瞬時に、比留間道場の門弟たちの顔色が変わった。

右近を中心に、ばらばらと左右に走り、駆け寄ってくる集団を囲むように戦闘態勢をとった。

「待ていッ！　決して、抜いてはならぬぞ。これは、道場間の争いではない」

右近は両手を広げて、はやる門弟たちを抑《おさ》えた。

これだけの多数で斬り合えば、仕合とはいえない。戦闘であり、合戦である。将軍家お膝元で合戦をおこなえば、いかなる理由があろうと、厳罰に処せられることは目に見えている。

右近は必死の形相で怒鳴った。

「たとえ、斬られても、抜いてはならぬぞ！」

走り寄った幻鬼は、斃れている猿鬼と象山の様子から、即座にことの展開を読みとったようだ。爪先で猿鬼の頭を蹴り、横を向かせてその顔を覗きこみながら、

「片手の猿一人を討つに、一門総出とは、たいそうなことよのう」

小馬鹿にしたような嗤《わら》いをうかべて言った。

その言葉に、比留間道場の門弟たちの顔色が瞬時に変わった。柄《つか》に手をかけ、鯉《こい》

口《ぐち》を切った者もいる。長谷川道場側も気色《けしき》ばんだ。

「待て、待てっ！　挑発にのってはならぬ」

右近は、門弟たちを必死に制しながら、

「常陸《ひたち》幻鬼、おぬしとはいつか決着をつけねばならぬようだな」

幻鬼を、睨みすえて言った。

「やるか」

幻鬼は柄に手をかけて、わずかに腰を落として斬撃の体勢をとった。

「焦るな。ここでやれば、死人の山ができるわ。それに、もう一匹、鬼を成敗《せいばい》してからだ」

「水鬼か」

「そうよ。それまで、そっ首洗って待っておれい」

そう言い捨てると、右近は幻鬼に背を向けた。

二人のやりとりに目を奪われていた比留間道場の門弟たちも、ばらばらと走りだし、死者と負傷者を肩に担《かつ》いで、右近の後に続いた。

第五章　水鬼《すいき》

一

土蔵の裏に、焼け残った離れがあった。小さな数寄屋《すきや》造りの建物だが、荒れるにまかせて放置されているらしく、屋根の一部は崩れ、障子《しょうじ》は破れて寒風が吹き抜けている。

もとは、大きな商家だったらしいが、土蔵とこの離れを残して、焼けてしまったらしい。

ゆいは、破れた障子の隙間から中を覗《のぞ》いて見た。

真っ暗だが、人のいる気配はない。

土蔵の裏の離れで待っていれば、水鬼《すいき》に逢える、そういった猿鬼《えんき》の言葉を思い出して、玄関の格子戸《こうしど》を開けて中に足を踏み入れた。

中は月光がさしこみ思ったより明るかった。薄闇に目がなれてくると中の様子が、識別できた。家具らしき物はもちろん、畳から細工を施された欄間《らんま》や柱の一部までが、取り外されている。

（それでも、いくらか、雨露《あめつゆ》は凌《しの》げる）

そう思いながら、隅々まで視線を巡らせたが、どこにも人影はなかった。

ただ、障子や壁の残っている一番奥の部屋に、人がいたらしい痕跡があった。

指を触れてみると、床板に挨《ほこり》がなかったし、部屋の隅にそれで夜の寒さを凌《しの》いだのではないかと思われる掻巻《かいまき》があった。手にして、鼻先に近付けると、かすかに汗の臭いがした。

（水鬼だろうか……）

ゆいの胸は、不安と恐れで波打った。もし、水鬼ならただごとではない。荒稽古《あらげいこ》に耐えた水鬼の体は、たとえ、酷寒の夜でも夜具など必要ないほど鍛えぬいてあるはずだった。

（とにかく、ここで、待ってみよう）

ゆいはそう思って、部屋の隅で膝を折った。

二刻《ふたとき》（四時間）ほど経ったろうか。

破れた障子の隙間からさしこんでいた月光も、だいぶ角度を変えていた。

尋常の娘なら、その心細さにとっくに逃げ帰っていたろうが、ゆいは気丈だった。それに、神道無念流《しんとうむねん》の遣い手でもある。夜盗の一人や二人なら、懐剣で斃《たお》す自信もあった。

（なんとしても、水鬼に逢いたい）

その強い念《おも》いが、いつまでもゆいをそこに待たせていた。

コトリと音がした。

人の入ってくる気配がする。

提灯《ちょうちん》を持ってないところを見ると、夜盗の類《たぐい》か、それとも水鬼か。

ゆいは、懐剣の柄《つか》を握りしめて立ちあがり、気配の方に神経を集中させた。

侵入者は一人。

相手も、こちらの気配を感じているらしく、動きを窺《うかが》いながら近付いて来るようだ。

破れた障子に、人の影がぼんやり映った。

「ゆいどのか……」

水鬼の声だ！

「水鬼！」

ゆいは人影の方に走り寄った。

男をすぐ目の前にして、ゆいの足が思わず止まった。

「水鬼……」

闇の中に立っていた男は、ゆいの知っている水鬼ではなかった。

蓬髪《ほうはつ》に伸び放題の不精髭《ぶしょうひげ》。瘦《や》せて顎骨《あごぼね》が突き出し、目ばかり狼のようにギラギラさせていた。

（病んでいる……！）

ゆいは、そう直感した。

「ゆいどの、水鬼、三年という約束を果たすことができませんでした」

絞り出すように言って、頭を下げた。

その拍子に、続け様に乾いた咳《せき》をした。咳はなかなか収まらなかった。

（労咳《ろうがい》！）

「な、なんとか、無住心剣流《むじゅうしんけん》、会得《えとく》しましたが、このような病《やまい》に」

「水鬼……」

ゆいは、飛びつくように身を寄せると、瘦せ細った水鬼の体を抱きしめた。あの岩のように逞《たくま》しい水鬼の体ではなかった。瘦せて細く、ただ鋼《はがね》のように硬かった。

ゆいは、貪《むさぼ》るように硬い水鬼の体に我が身をすりよせた。

この三年間、骨身を削《けず》るような修行の毎日であったのだろう。水鬼をそのような苛酷《かこく》な修行に駆り立てたのは、三年前、別れ際に交わしたゆいの言葉だったのかも知れない。

ゆいの頬に涙が伝った。喉元《のどもと》に突き上げてくる嗚咽《おえつ》に堪《た》えるために、必死で水鬼の体にすがりついた。

「ゆいどの……」

水鬼は、ゆいの両肩を摑《つか》んで引き離すと、

「無住心剣流をもって、江戸の五流を斃さねばなりませぬ」

刺すような鋭い目で凝視《みつめ》た。

「……！」

双眸《そうぼう》が燃えている。剣に生きる者の眼だ、ゆいはそう思った。


その夜から、ゆいは荒れ果てた離れに身をひそめた。ゆい自身行き場がなかったこともあるが、水鬼のそばにいて世話をしたいという強い念《おも》いがそうさせたのだ。

古着屋で、寒さを凌ぐだけの夜具を買い求め、水鬼との夜を過ごした。夜具や髪を湿らせる朝露《あさつゆ》も、破れ障子をふるわせる寒風も、ゆいは気にならなかった。水鬼の声を聞き、温《ぬく》もりを感じるだけで幸せだった。

むろん、そんな所に長く住めるはずはなかったが、せめて所帯をもった真似《まね》ごとでもしてみたいと、鍋と椀と七輪《しちりん》だけ買い求め、水鬼のために簡単な食事もつくった。

五日目に、近くを通った振り売りの魚屋から、いわしを二匹買った。

翌日、色の浅黒いすばしっこそうなのと背のひょろりと高い男の子が二人、石蹴りでもしているような振りをして、チラチラと離れを窺っていたが、ゆいはまったく気付かなかった。

二人の子供はゆいの姿を目にとめ、どんぐりのように目を瞠《みひら》いてうなずき合うと、転げるような勢いで駆けだした。

二

文太と助六が、ゆいのいる離れを窺っているちょうどその頃、玄蔵の方も、ゆいが監禁されていたと思われる土蔵をつきとめていた。

情報をつかんできたのは、下っ引の熊吉であった。

「親分、昨年の暮《くれ》の浅草山谷《さんや》町の火事、覚えてますかね。あんとき燃えた、小間物問屋の成田屋の土蔵が、今も焼跡《ちあと》に残っているってえ話ですぜ」

「成田屋っていやあ、大川にも近え」

「行ってみますか」

「よし、ひとっ走りいって、吉に知らせろ」

「へい」

尻っぱしょりして、駆けだした熊吉の背を見送って、

「辰ッ、ちょっと、顔を出せ」

と家の中に声をかけた。

「へ、へい……」

辰造が、頰をふくらませ、もぐもぐやりながら赤い顔をして出てきた。おらくから残り物の落雁《らくがん》でもせしめたようだ。

「辰、浅草山谷町の成田屋、知ってるな」

「成田屋は、暮に、火事で焼けちまったでしょ」

「そうだ。その成田屋の焼跡へ、朝倉の旦那《だんな》をお連れしろ。すぐにな」

そこにゆいが監禁されているとすれば、比留間兄弟の眉間《みけん》を一太刀で割った凄腕《すごうで》の男と一戦交えることになるかも知れぬ。朝倉の旦那に連絡して、捕方を集めてもらわねばならない。

「いいな、遅れると、こっちの首が飛ぶかも知れねえぞ」

「やだな、親分、威《おど》かしっこなしですよ」

辰造は首を竦《すく》めた。

「いいから、早くいけ」

「へい」

辰造は、転げるように枝折戸《しおりど》から通りに飛び出していった。

四半刻《しはんとき》(三十分)ほどすると、熊吉が吉助を連れて戻ってきた。

三人は、大川端の道を千住《せんじゅ》方面に向かって歩いた。浅草寺《せんそうじ》の脇を通り、小塚原《こづかっぱら》の仕置所が遠くに見えるところまで来て、町並から右手にそれた。通りから少し入ると、町の賑《にぎ》わいからは嘘のように田畑や雑木林の多い寂しい風景が開けているが、またその辺りは、道にそって商家が軒《のき》を連ねていた。

そこで、玄蔵たちは息を切らせて走ってくる二人の子供と擦《す》れ違ったが、気にもかけなかった。大方、悪戯《いたずら》でもして、どこかの頑固親爺《がんこおやじ》にどやされたのだろう、一瞬、そんな光景が頭の隅にうかんだだけである。

「あそこのようです」

熊吉が前方をさした。
五、六軒商家の並ぶ一角が、歯の抜けたように空地になっている。まだ、焼跡の黒く焦げた破片や灰などが残っており、一目でそこが成田屋の跡だと知れた。
「成田屋は、建て直すつもりはねえのか?」

吉助が訊いた。

「かわいそうに、一家四人、焼け死んじまったってことです」

熊吉が、声を落として応えた。

「土蔵は、あれらしい」

腰から抜いた十手でさして、玄蔵が言った。

見ると、焼跡の奥に、延焼をまぬがれたと思われる土蔵があった。強い炎でなめられたと見え、白壁は煤《すす》で汚れ、屋根の一部は燃えたらしく黒い焦げ跡を残して崩れている。

玄蔵は、引戸に耳を当て、中の気配を窺った。

「……しんとしてやがる。誰かいる気配はねえぜ」

言いながら、玄蔵は引戸をそろそろと開けた。

人のいる様子はなかった。森閑《しんかん》とした蔵内では、破れ障子や長櫃《ながびつ》、壊れたつづらなどが埃《ほこり》を被《かぶ》っていた。

「ここじゃあねえのかな」

熊吉が、がっかりしたように言った。

「おい、見ろよ」

玄蔵が声を大きくした。十手でさした先に、乾いた握りめしと竹筒がある。

「間違えねえ。ここだ。……ここから別の場所に移されたんだ」

「握りめしを食わせたところを見ると、娘に危害を加えるつもりはねえようだな」

玄蔵は、握りめしを指先で抓《つま》んで、乾きぐあいをみながら言った。

「五、六日前といったところだな。とにかく、付近をあたってみよう」

先頭で土蔵を出た玄蔵が、はっとしたように身を屈《かが》めた。すぐ近くで、若い娘の声が聞こえたような気がしたのだ。

吉助も熊吉も、玄蔵の背後に身を屈めた。

「居るぜえ。土蔵の後ろだ」

「よし、助け出してやる」

立ち上がりかけた熊吉の袖口を、玄蔵が慌てて摑んだ。

「待て！　居るのは一人じゃねえ。若い男の声もする」

「……！」

吉助も熊吉も、相手が比留間兄弟を一太刀で斃した恐るべき剣の遣い手であることを知っていた。場合によっては、朝倉が来るまで待たねばならない。

「まず、相手を確かめてからだ」

玄蔵は土蔵の壁に身を寄せて、覗くように見た。

髪をぼんのくぼあたりで結んだ小倉袴の若い娘と、色褪《いろあ》せた袷《あわせ》に野袴の武芸者らしき若者がむきあっていた。娘の方は、その身形《みなり》からして、ゆいであろう。武芸者ふうの男は、蓬髪で髭もだいぶ伸び、痩せて顎骨が突き出し、見るからにやつれた感じがした。顔や首筋が赤黒いのは、旅焼けのせいであろう。

陽《ひ》は明るかったが、焼跡は森閑《しんかん》としていた。玄蔵の耳に二人の声が、手にとるように聞こえてきた。

「水鬼、仕合うより、そなたの病《やまい》を治す方がさきです」

ゆいの双眸には、必死の思いがこめられていた。

「すでに、幻鬼と猿鬼は、五流と対戦すべく策動しております。……それに、拙者、病に倒れる前に、自得した無住心剣流を試しとうござりまする」

水鬼は、手にした刀を腰に差した。どこかへ出かけようとしているようだ。

「水鬼……。無住心剣流がどのような剣か知りませんが、幻鬼と猿鬼の剣は正剣でなく、邪剣、たとえ勝負に勝ったとしても、ゆいは二人に嫁ぐつもりはありません」

「ゆいどの、長年の荒稽古で鍛えあげた身体、そう簡単に病などに屈しませぬ。五流を斃した後、ゆっくりと養生いたしまするゆえ。……ごめん」

ゆいの視線をふっ切るように、水鬼は踵《きびす》をかえした。

「待って！」

思いつめた顔で、ゆいは小走りに水鬼の後を追った。

「ごめんなすって」

水鬼の前に、玄蔵が飛びだした。

さっきまで、玄蔵は土蔵の陰で二人のやりとりを聞きながら迷っていたのだ。このまま水鬼をやり過ごして、跡を尾《つ》けるか、それとも、近くの番屋にでも同行して事情を訊きだすか。

それに、玄蔵の頭には、山上宗源《やまがみそうげん》の眉間から水月《すいげつ》まで一太刀で斬り下ろした幻鬼の凄まじい剣技が焼きついていた。

(この水鬼という男も、幻鬼に劣らない腕に違いねえ。だとすれば、子供騙《だま》しの熊手縄なんかじゃあ、歯《は》がたつめえ)

下手《へた》に飛びだしたら殺られる、その恐れもあったのだ。

だが——。

水鬼の後を追うゆいの必死の顔につられたように、玄蔵は思わず飛びだしてしまったのだ。どういうわけか、そのときゆいの必死の顔が、死んだ伊助や直二郎の顔と重なった。そして、このまま、この痩せた病持ちの若者を野に放たないほうがいい、と玄蔵は思いこんだのだ。

玄蔵に続いて、吉助も熊吉も飛びだした。

「なにやつ！」

水鬼は歩を止めて、柄に手をかけた。

「へい、玄蔵っていう岡っ引でして……」

玄蔵はそろそろと後ずさった。いざとなったら逃げられるだけの間《ま》をとっておく必要があったのだ。

「岡っ引が、俺に何の用だ？」

「ちょいと、話を聞かせていただきてえんで」

玄蔵は二間半ほどの間合をとった。一太刀では打ち込めない間である。

「岡っ引に吟味される覚えはないぞ」

「そこにいるお嬢さんや比留間道場のことでして」

「玄蔵とやら、町方《まちかた》などの口をだすことではない。退《の》け！」

傍《かたわ》らの吉助が、顔を赤くして十手を抜いた。

「野郎！　こちとらは、その娘を勾引《かどわか》したわけを聞きてえって言ってるだけなんでえ。てめえが、その気なら、ひっくくって番屋にでもしょっ引《び》くぜ」

吉助も熊吉もこの男の腕を知らないのだ。それに、相手が刀を抜いても逃れられるだけの間があった。その余裕が、吉助に大口をたたかせたのだ。

吉助は、懐から捕縄をとりだした。

「俺の体に縄をかけるというのか、できるならやってみろ」

水鬼は、間合をつめずに右足をわずかに前に出し、腰を沈めた。斬撃の体勢だが、一足では打ち込めない間がある。

「吉、熊、気をつけろ、このお人は強《つえ》えぞ」

玄蔵は腰から熊手縄をとって、細引を解きながら、反転して逃げる態勢をとった。

水鬼は、そのままの位置で抜刀した。

「水鬼！　その者たちを斬ってはなりませぬ」

ゆいが叫んだ。

「心得ておりまする」

水鬼は抜いた刀を峰に返して、下段に構えた。水鬼の表情のない静かな顔には、落ち着きと自信があった。

そのとき、玄蔵はふいに背筋を刺し貫かれたような衝撃を覚えた。水鬼は、いっこうに、三間近く開いた間合をつめようとしないのだ。

（この男、このままの間合で、打ち込むつもりでは！）

そうだ。これが、この男の間合なのだ。吉助も熊吉もそのことに気付かずにいる。

水鬼の白刃が、陽光を浴びてギラリと光って、体がさらに沈んだ。くる！

（逃げられねえ！）

やれるだけ、やってみるしかねえ、そう肚《はら》を決めて、玄蔵は熊手縄をクルクルとまわし始めた。

三

玄蔵が吉助や熊吉と連れだって浅草山谷町に向かったころ、直二郎は長谷川道場で端座していた。

一刻ほど、仮想の敵である幻鬼の剣に、木太刀で挑んでみたのだが、打ち破る工夫はつかなかった。

後《ご》の先《せん》の狙いである幻鬼の上段に対し、迅《はや》い入り身からの捨身の打ち込みは効果がありそうに思えるが、身体が無意識のうちに反応する幻鬼の体捌《たいさば》きにあっては、火に飛び込む虫と同じだった。

（幻鬼の体は、剣気に反応する……）

石仏のように完全に剣気を断てば、あの玄妙な体捌きは防げるはずだが、打つ気を起こさずして、打つことはできない。振り上げずにうち下ろせというのと同じである。

誠心館で対戦したときのように、こちらの剣気を完全に断って対峙《たいじ》し続けたらどうだろうか。幻鬼が、半睡半覚の状態から先に覚め、剣気を発して打ち込んでくれば、直心影流でも対応できるのではないか。

（だめだ……）

という気がする。

あのとき、負けた、という実感は、もう少しこのまま対峙していたら自分が打たれたという予感をはっきりと抱いたからだ。

（目だ！）

幻鬼の目は、眠っているわけではない。地蔵のような穏やかな顔貌《かお》だが、目だけは冷たく刺すような光を帯びて、じっと相手の動きに注がれているのだ。

もし、相手が完全に攻撃の気を断ったら、幻鬼の方から、あの凄まじい上段からの打ち込みを仕掛けるに違いない。そうなったら、虚空《こくう》を念《おも》い、ただひたすら己の剣気を断っているだけの者に、その凄絶迅速な太刀を防げるはずはない。

蜘蛛《くも》の巣にかかった獲物と同じだった。巣から逃れようともがけば、その振動で獲物がかかったことを知らせて蜘蛛を呼び寄せる。じっと動かずにいても、やがては蜘蛛の目にとらえられて、餌食《えじき》となる。

座していても、いっこうに直二郎の心は落ち着かなかった。直二郎をとらえているのは、恐怖だった。その恐怖に引き寄せられていく己の心だった。剣に生きる者の業《ごう》だった。

その恐るべき幻鬼の剣に加え、もう一つ直二郎の心を乱していることがあった。死に際に残した猿鬼の言葉である。

猿鬼は、比留間半造、市之丞と仕合ったか、という直二郎の問いに、知らぬ、と応えたのだ。

死に瀕した者が、虚言を吐くとは思えなかった。

猿鬼でないとすると、長谷川道場三鬼のもう一人、水鬼が二人と仕合ったことになる。しかし、水鬼の腕がどれほど優れていようと、神田と谷中でほぼ同時刻に仕合うのは無理なのだ。だとすれば、もう一人、眉間を一太刀で打ち砕く剣技の持ち主がいることになる。

長谷川嘉平がいるが？

（まさか……）

嘉平が、自ら狂乱の剣という無住心剣流を遣って半造や市之丞と仕合ったとは思えない。とすると、二人と仕合ったもう一人は、何者なのか？

（あるいは、三人で仕合ったのではないかも知れぬぞ）

直二郎のなかで、新たな疑念が湧いた。一連の出来事を根底から揺さぶるような疑念だった。

ただ、無住心剣流を、天下に知らしめるだけの闘いではないかも知れない。もっと大きな策謀の渦が回っている。直二郎は、その渦の中心に向かって引き込まれていく自分を感じていた。渦の本体が見えないだけ、よけい不気味だった。

そのとき、道場内に駆けこんでくる性急な足音がした。

以前、幻鬼のことを話してくれた若い門弟だった。さっきまで、居残って道場の隅で木太刀を振っていたのだが、つい今しがた着替えて道場を出たところだった。

「毬谷どの、玄関に文太とか申す子が、参っておりますが」

「文太が……」

直二郎は、木太刀をとって起《た》った。

「はい、すぐに会いたいと、ひどく慌てているようですが」

「会おう」

直二郎は玄関に出ると、文太と助六が飛び付くように寄って来た。

「わ、若師匠、おいら、みっけたでえ」

文太と助六は今にも駆けださんばかりに、足踏みを続けている。

「ゆいどのか！」

「うん」

「どこだ？」

「成田屋の焼跡」

「大川端か！」

「うん、途中で、細引の親分に会ったぞ」

「何ッ、すぐ、案内《あない》しろ。玄さんが危ねえ」

木太刀を握ったまま、直二郎は飛びだした。

（玄さんも、ゆいどのの居場所をつきとめたのだ！）

勾引《かどわか》した下手人が、水鬼か猿鬼か、あるいはまったくの別人である可能性もあるが、比留間半造や市之丞を一太刀で斃した凄腕の主であることは間違いない。今頃、玄蔵はその男と相対しているのかも知れぬ。

（玄さん、手出しをするなよ。殺《や》られるぞ！）

直二郎と二人の子は、春の陽気に誘われたのだろう、普段より人出の多い江戸の町中《まちなか》を縫《ぬ》うように駆け抜けた。


そのころ、玄蔵と吉助、熊吉の三人は、水鬼と三間ほどの間合をとったまま対峙していた。

熊手をまわした玄蔵を真ん中に、両脇で、吉助と熊吉が十手を前に突き出すように構えた。

吉助は、いつでも解けるように懐から出した早解縄《はやときなわ》の端を口で嚙んでいる。

水鬼は、下段に構えたまま腰を落とし、地面から二尺ほどの高さで、太刀を水平にした。下段というより青眼《せいがん》のまま両膝を曲げ、身を沈めた恰好《かっこう》である。

「三河水鬼、水の構え、受けてみよ！」

水平に構えた切っ先は、ピクリとも動かず、春の陽を受けた水面《みなも》のごとくキラキラと光った。

「吉、熊、やつが動いたら、逃げろ！……来るぜ！」

キラキラ光る水面がほんの少し浮いたように見えた瞬間、その白刃が、一つの光《こう》芒《ぼう》となって真っ直ぐにつき進んで来た。

迅い！

光の矢のように見えた。

「逃げろ！」

玄蔵はそう叫ぶのと同時に、迫って来る白刃の上、水鬼の額を狙って、熊手を投げた。

ガキッ、という金属音が響いたと思うと、黒い塊が中空に飛んだ。次の刹那《せつな》、玄蔵は、襲ってくる白刃を左の十手の鈎《かぎ》でとらえようと伸ばしたが、むなしく空を掻いた。続いて、脾腹《ひばら》に強い衝撃を感じて意識を失った。

四

玄蔵は、直二郎に活《かつ》を入れられて、息を吹き返した。

直二郎に、途中擦れ違った二人の子供、朝倉の顔もある。どうやら、水鬼に峰打ちをくらって意識を失ったのは自分だけだったようだ。

「面目ねえ。このざまだ……」

玄蔵は立ち上がった。心窩《みぞおち》あたりに痛みがあるが、骨には異状ないようだった。水鬼が、怪我《けが》をしないよう、打つ瞬間に手加減をしたのだろう。

「あの方は？」

と玄蔵が訊いた。

「あの野郎、親分を打つとそのまんま、いっちまいやぁがった」

玄蔵の顔を覗きこむように見ていた熊吉が応えた。

「あの方というのは、長谷川道場の水鬼か？」

朝倉が、朱房の十手で肩を叩きながら訊いた。

「はい、旅に出ていた水鬼です」

男たちの集団から、一歩身を引くようにさがっていたゆいが小さな声で応えた。

「ゆいどの、お怪我は？」

直二郎が訊いた。

「心配はいりませぬ。……水鬼は、わたしを守るために、匿《かくま》っていてくれたのです」

「あの離れで？」

「人目を避けるために、仕方なく……」

ゆいのやつれた顔に赤みがさし、戸惑うように視線がせわしく空《くう》をなぞった。

玄蔵は、その表情から、ゆいが水鬼に抱《いだ》いている思慕の情を汲《く》みとった。

「直二郎様……」

ゆいが真剣な眼差《まなざ》しを向けた。

「水鬼は、比留間道場の右近どのと仕合うつもりでおります。何とか、とめる手だてはないものでしょうか」

「無住心剣流をもって？」

「はい。自得したと申しておりました」

「なんと。無住心剣流を会得《えとく》されたと！」

師である長谷川嘉平も幻鬼も、無住心剣流の真の奥義を会得するまでには至っていない。三年間の修行の旅で、水鬼が会得したとすれば、その剣は嘉平や幻鬼以上ということになる。

「玄さん、水鬼は、どんな剣を遣った？」

玄蔵が水鬼の剣技を見ているはずだった。

「水の構え、とかいったようでしたが。……刀身が光り、矢のようにつっこんできたと思ったら、もう、腹に一撃くらっちまった。あっしの熊手など足元にもおよばねえ」

玄蔵は眉宇《びう》を寄せて、打たれた腹のあたりを擦《さす》った。

「無住心剣流は、上段からの打ち、と聞いているが」

「あれは、無住心剣流ではありませぬ。以前から水鬼が遣っている身を低くした青眼からの打ち込み。輝く水面のごとく刀身を光らせ、一気に間合を詰めて、相手が臆した隙をつきます。水鬼の名は、その水の構えからきております」

「水鬼どのは、無住心剣流を遣わなかったということか……」

玄蔵を相手に、水の構えからの打ち込みで充分と判断したのだろう。事実、一緒にいた吉助や熊吉には、手出しもさせない迅い動きで、玄蔵を失神させ、その場を去っている。

「無住心剣流の奥義をもってすれば、比留間右近も、恐れることはないと思うが」

水鬼にすれば、嘉平の言ったとおり江戸の五流を破ってから、ゆいを嫁に欲しいと言うであろう。無住心剣流を会得したとなれば、それも難しいことではないはずだ。

「水鬼は、病に罹《かか》っております」

「病に……！」

「労咳ではないかと」

ゆいの顔が曇った。ゆいは、右近との仕合のこともそうだが、病を心配しているようである。

「水鬼どのが、どこへ行かれたのか、心当たりは？」

「ありませぬ。……ただ、水鬼にすれば、一刻も早く仕合たいと望んでいるはずです。猿鬼や幻鬼に先を越される心配もありますし、体のこともあるはずですから……」

「そういうことなら、右近のまわりを張りましょう。なあに、闇討ちをかけるわけじゃあねえ。仕合う前に、ひきとめることもできるでしょうよ」

玄蔵が口を挟んだ。

直二郎は、駄目だろうと思った。仕合前に、水鬼と接触することはできるだろうが、決して仕合をやめることに同意しないだろう。

剣客は、いかに己の剣で相手を斬り斃すか、そのことのために日夜修行に励み、辛苦《しんく》に耐えている。敵に勝ち、剣の奥義を極めること、そのために生きているといっても言い過ぎではない。病に冒《おか》されようと、腕を一本失おうと、敵に背を向け逃げることはできない。敵を前に、剣を引くときは、剣客であることをやめるときなのだ。猿鬼も、佐久象山も、山上宗源もそのために死んだ。

直二郎自身、闘いを挑まれた幻鬼に対して、たとえ勝てる見込みはなくとも、心の中では、ずっと切っ先を向け対峙し続けている。あの日以来、幻鬼との闘いが続いているといってもいいのだ。

「ゆいどの、ひとまず、西尾様のもとへ」

このまま、廃屋《はいおく》に一人置くわけにもいかず、幻鬼のいる長谷川道場に戻すわけにもいかなかった。西尾邸の離れに、ひとまず身を寄せるのが一番いい方法だろうと思えた。

直二郎はゆいを守るように背後につき、歩きだした。

「猿鬼どののことだが。……鹿島新当流の佐久象山と相討ちで、果てました」

「猿鬼が……」

ゆいは歩をとめて、まさか、という顔をした。

「猿鬼どのの剣、無住心剣流ではないと見ましたが？」

「三人のなかで、猿鬼だけが、無住心剣流を学ぶことに熱心ではありませんでした。猿鬼には、人並みはずれた跳躍力と敏捷さがあったからではないかと思われます」

「たしかに……」

その迅い動きと跳躍力は、人間離れしたものだった。猿鬼にすれば、自分の特異な体に、自信があり、無住心剣流を学ぶ必要性を感じなかったのかもしれない。

「ところで、ゆい様」

歩きながら玄蔵が声をかけた。

「水鬼どのは、いつ江戸に戻られたのです？」

「二月ほど前のことです。長谷川道場の水鬼としてではなく、一人の兵法者として闘いたいと申しておりました。父やわたしに累《るい》の及ぶことを恐れて、あの焼跡に潜《ひそ》んでいたようでございます」

「比留間半造、市之丞との仕合のこと、何か話しませんでしたか？」

「そのことですが、水鬼は、自分ではないと申しておりましたが……」

「そいつは、おかしい」

直二郎が言った。

「猿鬼どのも、いまわの際に仕合った覚えはないといっていた。幻鬼も無理だし、水鬼どのでもないとすると、二人を斃した者がいなくなってしまう。……あの眉間の疵《きず》は、上段からの一太刀、誰にでもできるというものではない」

「水鬼は、鹿島新当流はともかく、心鏡流草鎌を対戦相手に選ぶようなことはしない、と申しておりましたが」

「うむ……」

心鏡流は、捕縛術である。直二郎にも、水鬼が剣客としての誇りをもっている男なら、五流との対戦に草鎌を選ぶことはないだろうと思えた。

(どういうことだ……?)

半造と市之丞を斃した者が、いなくなってしまう。

「おい、玄蔵、俺にも分かるように話してくれ」

後ろで、朝倉が不満そうに言った。

玄蔵は、まだ耳に入れていない最近の出来事を朝倉に説明した後、

「ゆい様、駕籠《かご》かきのことでちょいと伺《うかが》いてえんですが」

あらためて、ゆいの方に顔を向けた。

「水鬼どのから、中兵衛長屋の長次と喜平という駕籠かきのことを何かお聞き及びじゃありませんか?」

「いえ、何も。その者が何か?」

訝《いぶか》しそうな顔をして、ゆいは玄蔵を見た。

「いや、ちょいと気になることがありましてね……」

玄蔵は顔を伏せると、コツコツと十手の先で額を叩きだした。

第六章　剛剣

一

おらくは、せわしそうに台所と居間の間を往復していた。袂《たもと》にかけた襷《たすき》はたるんで用をなしていなかったが、普段ののっそりした動きからすると見違えるほどかいがいしく動いていた。

香のものと焼き魚ののった膳を直二郎《なおじろう》と玄蔵の前に運ぶと、すぐに台所にもどり、かすかに湯気の立つ徳利を二本さげてきた。

「玄、燗《かん》のぐあいはどうだえ。……熱くないかえ？」

おらくは、玄蔵の前で曲がった腰を伸ばして訊《き》いた。

「ちょうどいいようだぜ。おらく、彦四郎様もおよびしたらどうだろう」

玄蔵は、徳利の底に指をあてながらいった。

「ついさっき、お宅を覗《のぞ》いてみたんだがね。もう、夕餉《ゆうげ》を終えて出かけちまった後だったよ。おしまさんが、今夜は遅くなりそうだ、っていってたからね」

直二郎の膳にも、一本立てながらいった。

「助右衛門《すけえもん》どののところです。碁ですよ」

助右衛門というのは、家督《かとく》を譲って隠居している近所の碁敵《ごがたき》である。よほど気のおけぬ相手らしく、最近は朝でも夜でも平気ででかけていく。

「玄、てめえばっか、飲んでねえで、直二郎さんにもおつぎしたらどうだえ」

おらくは、手酌《てじゃく》で飲んでいる玄蔵を目にとめていった。

「おらく、おめえが、お酌してやったらどうだい？」

玄蔵は目を細めて、ひやかすようにいった。

「あたしゃあ、やだよ。男同士で二人でやったらいいだろ」

「そうかい……」

「まだ、湯豆腐があるからね。すぐに用意するから、二人でやっていな、ね」

おらくは、そそくさと台所に戻った。

「いい歳《とし》して、まったく落ち着きがねえ」

玄蔵は、直二郎の猪口《ちょこ》に酒をつぎながらいった。

焼き魚をつつきながら、二人が三、四杯飲むうちに、おらくが鍋をのせた小さな焜炉《こんろ》をそろそろと運んできた。土鍋のなかには、四角に切った豆腐が煮たっている。

熱い豆腐をすくって小皿にのせ、細切りにした葱《ねぎ》に醤油《しょうゆ》をかけて、ふうふういながら食う。

「こいつは、うめえ」

「うまい。それに、体の芯まであたたまる」

直二郎は、何度も湯気のたつ豆腐を小皿にとった。

いつもは、おしまの用意した少し冷たくなった膳に、父、彦四郎と二人きりでむかう。特に、喋《しゃべ》ることもなく、ただ腹に詰め込んでいるような食事なので、あまりうまいと思ったことはない。

おらくと玄蔵のやりとりを聞いているのも悪くはなかったし、だいいち湯気のたっているのがいい。

すっかりご馳走《ちそう》になって、外に出ると降るような星空だった。

夜風は冷たかったが、真冬と違って寒さにゆるみがある。ほろ酔いかげんの直二郎には、そのひんやりした冷たさがここちよかった。

「直さん、そこまで、送りますよ」

玄蔵が直二郎の後について出てきた。

「いや、いい。すぐそこだ」

「あっしも、少し夜風にあたりてえんで」

「…………」

「どう思います？」

玄蔵が訊いた。足の運びが急に遅くなった。

「事件のことか？」

「へい、比留間半造《ひるまはんぞう》と市之丞《いちのじよう》を殺《や》ったのは誰か、こいつが分からねえと、先に進めねえ」

「確かに……。猿鬼《えんき》、水鬼《すいき》でないとすると、相手がいなくなってしまうな」

「そこなんですが、二人の眉間《みけん》の疵《きず》は見事な上段からの一太刀《ひとたち》、誰にでもつけられる疵じゃあねえ。できるのは、長谷川道場の幻鬼《げんき》、猿鬼、水鬼、それに、長谷川嘉平どの。……それに、娘のゆいどのにも無住心剣流の心得があるとか？」

「ゆいどのが？」

直二郎の足がとまった。

「幻鬼は伝通院《でんづういん》のそばの水茶屋のおかねって女のところから、誠心館に行って直さんと仕合ったらしい。その後、神田《かんだ》と谷中《やなか》に行ってたんじゃあ間にあわねえ。嘉平《かへい》どのは、その夜、風邪《かぜ》で床にふせっていたってえ話だ。……念のため、亮庵《りようあん》ていう近くの町医者で確かめてみると、その日の夕方、頼まれて診《み》たという。亮庵の話によれば、高熱で喘《あえ》いでおり、剣術の仕合など、とても無理だということでしてね。……となると、残るのは」

「猿鬼に水鬼に、ゆいどのか」

「へい、猿鬼のいまわの際の言葉を信じりゃあ、水鬼とゆいどの」

「しかし、水鬼とゆいどのがなぜ？」

「見たところ二人は恋仲のようだ。しかも、水鬼という人は、労咳《ろうがい》を患《わずら》っているらしい。一刻も早く、五流を破って一緒になりてえと思うんじゃあねえですかね」

「二人で、結託してことにあたったというのか。……しかし、な」

あの夜、西尾邸で水鬼のことを訊いたし、後日わざわざ直二郎の家に出向いて仕合の様子を訊いている。あれが、ゆいの演技だったとは思えない。

そのことを言うと、

「あっしも、あの娘が、誑《たぶら》かしているとは思えねえ。男まさりだが、生娘《きむすめ》らしい一途《いちず》なところがあるようで。……それに、ゆいどのは、駕籠《かご》で連れ去られている。二人で言い合わせて、誑かすつもりでも、そこまでやる必要はねえ」

「とすると、残るのは、水鬼一人だな」

直二郎は、ゆっくりと歩を運びはじめた。玄蔵も歩調をあわせて歩きだす。

「そういうことで」

まわりくどい言い方だが、玄蔵ははじめからその結論に達していたようだ。

「しかし、水鬼一人にできるか。ほぼ同じ刻限に、神田と谷中で仕合うことが？」

「仕合うことは難しいが、仕合ったように見せかけることはできやす」

「なんだと！」

直二郎は歩をとめて、玄蔵を振り返った。

「駕籠を使ってどっちか一つ、死体を運びゃあいい」

「すると、半造と市之丞を同じ場所で殺し、一方の死体を駕籠で運んだというのか？」

「へい。仕合ったのか、呼び寄せておいて、一太刀で打ち殺したのか分からねえが、たぶん、その場所は谷中だと」

「死体のあったところの枯草がひきちぎられ、土が削られたようになってやした。あれは、飛び散った市之丞の血を始末したものと思っておりやしたが、二人分の血を消すためではなかったのかと」

「神田の聖武館の方は？」

「あっちは、まったくの逆でして。……死体を運んだために、床にあるはずの血の跡が残らねえ。そこで、拭きとったように見せかけたんで」

「しかし、聖武館の床には、拭きとった血の痕跡《あと》があったというではないか？」

「それなんですよ」

玄蔵は、十手を腰から引き抜いて、先でコツコツと額を叩いた。

「あれで、すっかり騙《だま》されちまった。まったくの逆でして」

「逆というと？」

「床の板目に残っていたのは、拭きとったんじゃあなく、乾いた血をなすりつけたんじゃあねえかと」

「拭きとった雑巾《ぞうきん》もあったと聞くぞ」

「おそらく駕籠で死体を運ぶとき、流れ出る血をとめるために疵口に雑巾をあてがった。それで、床を擦《こす》ったんでしょうな。……それで、ほんの少しだけ血の跡が残ったが、気付かれねえ恐れもある。そこで、みつかりやすいところに、血のついた雑巾を置いておいたと考えりゃあ合点《がてん》がいきやす」

玄蔵は、比留間半造の死体に、座っていたような恰好で置かれていた様子があったことを付け加えた。死体を駕籠で運んだと考えれば、納得できるという。

「それに、もう一つ、中兵衛長屋の長次と喜平っていう駕籠かきが、浪人ふうの侍に頼まれて、人一人の重さの物を運んだという話を聞きこみましたんでね」

「そういうことなら、その駕籠かきに訊けばいい。水鬼かどうかはっきりするだろう」

「ところが、すでに二人とも」

「殺されたのか」

「へい。それもあの太刀筋で」

「口封じか……」

「そういうことになりましょうな」

「それで、その浪人ふうの侍、何者か、知れぬというのだな？」

「ところが、久六って傘屋が、三河《みかわ》の国の出の者だ、という侍の言葉を耳にしてるんで」

「三河、水鬼か！」

「へい」

「繋《つな》がったな。さすがは、細引《ほそびき》の親分だ」

直二郎の声に感嘆の響きがあった。

「しかし、どうも、気持がすっきりしねえんで……」

玄蔵は、また十手の先で額を叩いた。眉間に縦皺《たてじわ》を寄せ、困惑したような顔貌《かお》をしている。

「何がだ？」

「へい、今日、ゆいどのと水鬼が話しているのを土蔵の陰から聞いてましてね。あの水鬼という侍、あれこれ策を巡らせるような男には見えなかった。それに、恐ろしく強《つえ》え。面倒くせえ謀《はか》りごとなどしねえでも、尋常な立ち合いで十分勝てそうだ。……どうも、水鬼ではないような気がしてきたんで」

「俺も水鬼ではないような気がする」

直二郎ははっきりいった。

「というと？」

「水鬼は無住心剣流を会得したと聞く。天下無敵の術を得た者が、奸計《かんけい》を用いたとは思えぬ。それに、もう一つ比留間兄弟の死には、腑《ふ》に落ちぬ点がある」

また、直二郎の足がとまった。

「どういうことです？」

「なぜ、比留間半造、市之丞を殺したかということだ」

「そいつあ、直さんが、宗源《そうげん》や象山《しょうざん》らと仕合うためだと」

玄蔵は、「枡屋」の帰りに、直二郎から聞いていた。

「確かに、二人にすれば自流の名を守るために、どうあっても幻鬼や猿鬼と勝負をつけねばならない立場に追いこまれただろう。……しかし、それだけではないような気がしてきたのだ。……宗源や象山は、一徹な武士だ。尋常な勝負を挑まれれば、逃げるようなことはなかったと思うし、何か、別の裏があるような気がしてならない。剣客が己の腕を試すにしては、手がこんでいすぎる」

直二郎はゆっくり歩きだした。

「そういわれりゃあ、そんな気もいたしやすが。……だとすりゃあ、二人を殺った真の狙いは、何だと？」

「それが分からん。分かれば、二人を殺害した下手人もはっきりするはずだがな」

「………」

二人は、直二郎の家の前まで来ていた。庭の植込みの先から、灯明が洩《も》れている。彦四郎は帰宅しているようだ。

「玄さんはこれからどうする？」

「息のかかった岡っ引を動員して、水鬼の行方を追いやす。それに、朝倉様が、駕籠かき殺しの下手人を探してるでしょうから、そっちの筋からも洗ってみますよ。直さんは？」

「俺か、俺は、とりあえず、無住心剣流を破る方法を考えねばならんな」

「まさか、本気で、幻鬼や水鬼と仕合おうてえんじゃあねえでしょうね」

「そうなるかも知れん」

いいながら、直二郎は木戸を押した。

逃げることのできない、剣客の名を賭けての真剣勝負が行く手に待っている、そんな予感が、誠心館で幻鬼と撓《しない》を交えたときからあった。

「いけねえなあ。……人の生き死ににゃあ順序ってえものがある」

松の黒い葉影に包まれた直二部の背に向かって、玄蔵がいった。

「年寄りより先に、若《わけ》えもんが逝《い》っちゃあいけねえやな」

直二郎は、絞り出すような玄蔵の呟《つぶや》きを背中で聞いた。

二

その夜、直二郎は腕ほどの太さの真竹《まだけ》を十数本庭に運んだ。

抜刀術や居合は、巻藁《まきわら》や立てた真竹を人に見立てて斬る稽古をよくするが、直二郎も、ときどきこの方法をとった。撓や木太刀の打ち合いだけでは、どうしても踏み込みがあまくなる。知らず知らずのうちに、小手先だけで打つようになり、太刀筋が軽くなる。真剣で人を斬るためには、相手の身体に触れるほど踏みこんで、刃筋に力をこめなければ、斬れない。そのために、巻藁や立てた竹を一太刀で両断する稽古をするのだ。

しかし、毎回実際に竹や藁を斬ることはできないから、仮想の敵に対して斬るっもりで真剣を振る。実際に斬ってみるのは、己の剣に迷ったときや気持を高揚させたいとき、つまり、特別な稽古が必要と感じたときで、そのときのために、竹や巻藁は常に用意してあった。

直二郎は、その真竹を庭に担《かつ》ぎだしたのだ。

無住心剣流は、変化のない上段からの打ち落としの剣。

（横に薙《な》ぐ、胴に弱いはずだ）

直二郎は、八相に構え、遠い間合から一気に踏み込んで、横一文字に薙ぐ胴斬りを考えた。

横一文字の太刀筋を躱《かわ》すためには、猿鬼のように跳躍するか、刀で受けるか、あるいは、背後に跳びすさる方法しかないはずだった。幻鬼に猿鬼のような跳躍力があるとは思えない。となれば、刀で受けるか、身を引くか、いずれにしろ、あの奇妙な体捌《たいさば》きは用をなさず、上段からの初太刀は防げるはずだった。

（二ノ太刀の勝負になる）

初太刀の踏み込んでの打ち下ろしに勝負を賭ける無住心剣流にとって、二ノ太刀の威力は半減するはずだった。

直二郎は、立てた竹に二間の間合をとって対峙《たいじ》した。

イヤアアッ！

裂帛《れっぱく》の気合を発しながら、一気に間合をつめ、八相の構えから腰を沈めて、胴を薙ぐ。

ガッ、という刃の食いこむ音と同時に竹は二つに折れた。

いかなる剣の達者でも、水平の太刀筋で竹を切ることはできない。手の内を締め、渾身《こんしん》の力を刀身にこめて、斜《はす》に斬り下ろさなければだめである。

それでも、直二郎の凄まじい太刀は、竹に半分ほど食いこみ、勢いで折ったのだ。人の腹なら、間違いなく両断されている。

新しい竹を立てると、直二郎はまた遠い間合から飛びこんで、胴を打つ。何度か、続けるうちに、うっすらと汗ばんできて、胸や首筋から白い湯気が冷気のなかにたち昇るようになってきた。

「早朝から、稽古か……」

声がするので、振り返ると、縁先《えんさき》に彦四郎の姿がある。軽衫《かるさん》に紺の足袋《たび》、手に湯気のたつ茶碗を持っているところを見ると、今起きたのではないらしい。

「父上、お目覚めですか」

直二郎は、刀を鞘《さや》に納めた。

「障子を震わすような気合がすれば、誰でも目が覚める。そうでなくとも、歳《とし》をとると、朝が早いのでな」

鬢《びん》に白いものが目立つが、骨太のがっしりした体には、剣客としての威風がある。


「このところ、真剣での素振りを怠《おこた》っておりましたので、少し、ひきしめようかと」

いいながら、直二郎は縁先に寄った。

「そうではあるまい」

細い目が、直二郎にそそがれた。

「相手は、比留間道場の右近《うこん》どのか、それとも、長谷川道場の幻鬼か」

「父上がなぜ？」

直二郎は驚いた。彦四郎には飄々《ひょうひょう》たるところがあって、世間の風聞など気にもかけないのだが、今回の事件に関しては詳しいようだ。

「どこへ行っても、その噂が耳に入ってくるのでな。……長谷川道場三鬼対比留間道場三兄弟の因縁《いんねん》の対決だと、世間は沸いておるぞ。その上、長谷川道場側には、直心影流《じきしんかげ》の毬谷《まりたに》直二郎が加わり、比留間道場側には、心鏡《しんきょう》流山上宗源、新当流佐久象山が加勢したとあっては、下手な芝居よりおもしろくなる。江戸中がその噂で、沸きかえるのも無理はあるまい」

彦四郎は、手にした茶碗を脇においた。

「父上、そんなつもりでは――」

「分かっておる。相手は、水鬼か、幻鬼とみたが？」

「……！」

「その胴斬りは、無住心剣流を念頭においたものか」

「無住心剣流、ご存じでしたか？」

「立ち合ったことはないが、どのような剣か、聞いたことはある。長谷川嘉平どのが、奥義を極《きわ》めんと、習練を積まれたことも聞き知っておる、弟子である水鬼、幻鬼に伝わっているとみた。それに、その胴斬りは、上段に対抗したもの。……直《なお》の相手は、誰か、おのずと知れようというもの」

「勝てましょうか？」

無住心剣流に横一文字の胴斬りで対抗できるか、訊いてみた。

「勝てぬな」

「……！」

「無住心剣流の極意は見切りとも聞く。胴斬りは、肘《ひじ》を曲げ腰を沈めて太刀を払わねばならん。それにひきかえ、上段からの面は、肘を伸ばして打つ。そこに、五寸ほどの差が生じるはずじゃ。その五寸の差を見切れば、胴を躱しておいて、そのまま、面に打ち下ろしても切っ先が届くことになろうぞ」

その通りだ。五寸の差を見切られれば、相討ちにもならず、自分だけ打たれることになる。

「破る手はありましょうか？」

思わず訊いた。

「ないな」

「し、しかし！」

「直、わしならな」

「父上なら？」

「わしなら、敵《かな》わぬときは、逃げる」

彦四郎は真面目《まじめ》な顔をしていった。

「逃げられぬときは？」

「……死ねばよい」

彦四郎は、脇に置いた茶碗を持って立ち上がった。表情のないその顔に、ほんの一瞬だけ懊悩《おうのう》の翳《かげ》が過《よ》ぎった。

三

成田屋の焼跡にでかけた三日後、玄蔵は八丁堀《はっちょうぼり》の朝倉兵庫之助《ひょうごのすけ》の役宅にでかけた。四ツ半（午前十一時）をまわっていたが、朝倉は在宅していた。

「玄蔵か、蕎麦《そば》でも食いながら、話を聞こう」

黒羽織りの着流しに、長脇差を落とし差しにし、朱房の十手で肩先を叩きながら眠そうな目をして出てきた。

「朝倉の旦那、昨夜も遅かったようで」

玄蔵は、朝倉が眠そうな目をしているとき、永代橋《えいたいばし》近くの「小菊」という馴染《なじ》みの小料理屋で、お富という女と一夜を過ごしていることを知っていた。

「親爺《おやじ》、少しぬるめでいい、一本つけてくんな」

「与市庵《よいちあん》」という、亀島橋《かめじまばし》を渡り霊岸島《れいがんじま》町へ入ってすぐのところにある蕎麦屋の二階の座敷に腰を落とすと、酒を頼み、

「だいぶ、世間がうるさくなってきた。せめて、駕籠《かご》かき殺しの下手人だけでもお縄にしねえと、恰好がつかねえな」

とのっぺりした顔を、掌《てのひら》で擦《こす》りながらいった。

「その駕籠かき殺しの下手人ですが、比留間半造、市之丞を殺《や》ったのと、同じ筋だと睨《にら》んでるんですが」

「眉間の疵《きず》、確かに、同じ太刀筋だな」

「深編笠の浪人風の男がうかんでおりやす」

「その男、生国が、三河といったそうだな」

朝倉も駕籠かきの足取りを洗って、浪人者に狙いをつけているらしい。

「へい」

「三河といえば、三河水鬼ということになるな」

「そういうことで」

「岡っ引を動員して、水鬼の行方を追ってはおるが……。まあ、一杯いけ、迎え酒だ」

朝倉は、玄蔵の茶碗にとくとくと酒をついだ。

「実は、その水鬼という男のことなんですが」

玄蔵は、比留間兄弟を殺害した下手人には思えないことを話した。

「うむ。……下手人かどうかはともかく、水鬼が右近と仕合うつもりでいることは、間違いあるまい。これ以上、死人がでると、ただの他流仕合ということでは通せなくなるぞ。それでなくとも、世間は、その噂でもちっきりだ」

「それなんですよ。旦那、なんとか、二人が仕合う前に、水鬼を捕まえてえんで」

水鬼の身柄を確保できれば、下手人かどうかはさておき、事件との関わりは聞きだすことができるし、仕合もとめることができる。

「よし、そういうことなら、比留間道場にも、手の者を張りつけよう」

「お願《ねげ》えしやす」

朝倉の息のかかった岡っ引だけで七人、それぞれの岡っ引に三人前後の下っ引がいるから、かなりの人数になる。総力をあげれば、案外簡単に水鬼の行方は摑めるかも知れない。

玄蔵は、茶碗酒を呑み干すと立ち上がった。

「玄蔵、蕎麦を食っていけ。今、できる。……ここの蕎麦は、与市蕎麦といってな、親爺の与市ってえ名からとってある。黒くて、見た目は悪いが、味はいい」

「それじゃあ、馳走になってから……」

玄蔵はもう一度腰をおろした。

親爺の運んできた蕎麦を旨《うま》そうに啜《すす》りながら、

「で、玄蔵、おめえはどうする気だい？」

と朝倉が訊いた。

「あっしは、もう少し、駕籠かきのまわりを洗ってみてえんで」

「細引の親分の鼻に何か、臭うってわけか」

「いえね、口封じにしちゃあ、ちょいと殺しに日数が経《た》ちすぎてると思いやしてね。それに、浪人者が、自分から生国を名乗っているのも腑に落ちねえ」

「何か、裏があるというのか？」

「あるか、どうか、探ってみてえんで」

「水鬼って野郎をしめあげた方が、早《はえ》えと思うがな」

「そっちは、旦那におまかせいたしやす。それじゃあ、あっしは、これで」

玄蔵は、立ち上がった。

「玄蔵、毬谷どのにも伝えておけ、命を無駄にしないようにとな」

「へい」

股引《ももひき》姿の玄蔵は、背を丸めるようにして出ていった。

玄蔵は、「与市庵」を出たその足で、中兵衛長屋にいってみた。居合わせた長屋の連中に、長次と喜平を殺した下手人の心当たりはないか、訊いてまわったが、何の収穫もなかった。次に、湯島天神の近くにある一膳めし屋「ふくや」に足を向けた。以前話を聞いたお伊勢にもう一度当たってみるつもりだった。

主人にわけを話して、お伊勢を店の外に連れだした。仕事の手を休めてでは、話しづらいだろうと思ったからだ。

玄蔵は、お伊勢に水鬼の人相をいってみた。

「例の深編笠の浪人だがな、痩せて労咳病《ろうがいや》みみてえな男じゃあなかったかい？」

「それがね、お酒を運んで、もどってから、被っていた笠をとったの。むこうを向いたまんまだから、まったく顔が見えなかったのよ」

穏やかそうな玄蔵の顔に好感をもったのか、お伊勢は、嫌な顔もせず応えてくれた。

「その浪人、三河の国の出だと言ったそうだが、お前《めえ》も聞いたのかい？」

「ええ。……ちょうど、後ろを通ったときにね、話してるのが耳に入ったの。……そンとき、拙者の生国は、三河だ、と言ったのよ」

駕籠かきを相手に、自分から生国を名乗るというのもおかしい。あるいは、お伊勢の耳に届くように、わざと背後を通ったときに、口にしたのかも知れない。

「それだけかい？」

「ええ、次に酒を運んでいったときには、もう浪人の姿はなかったわ。駕籠かきが飲んで騒いでただけ」

「その駕籠かきだが、どんな話をしてた？」

「どんな話って聞かれてもねえ。……大声で喋《しゃべ》ってたのは、覚えてるんだけど。……そうそう、たしか、イゾウとかマサとか、いってたようだったわね」

「イゾウとマサ！　なんでい、そりゃあ？」

「たぶん、駕籠かき仲間じゃァない。伊蔵とか政吉とかさ」

そうか！　という顔をして、玄蔵は膝を叩いた。

駕籠かき仲間が何か知ってるかも知れねえ、イゾウとマサだけ分かれば、探しだすのも造作はねえ、そう思い、

「お伊勢さん、暇をとらせたな」

そう言いおいて、玄蔵は「ふくや」を後にした。

中兵衛長屋の近くの長屋をはしからあたると、三つ目で手掛かりがでた。

呉服屋と瀬戸物問屋の間を入ったところにある割長屋の井戸端で、屈みこんでいた老人に声をかけると、

「親分、伊蔵と政五郎ってえ駕籠かきがいるにはいるがね」

六十は過ぎているだろうか、赤黒い皺だらけの顔をしていた。とろんと濁った目で、玄蔵を見上げながら、不安気な色をうかべた。

老人の背後、少し距離をおいたまま、三、四人の童《わっぱ》が、玄蔵の腰の熊手を怯《おび》えた目で見ている。風で、童の着物の裾が捲《まく》れあがっていた。

「どうしたい？」

「それが、ここ、しばらく、姿を見かけねえんで、番屋にでもとどけようかって、

長屋の連中で相談してた矢先なんでさあ」

ふいに、玄蔵の頭に、長次と喜平の惨殺《ざんさつ》死体がうかんだ。

「二人の部屋は、どこでい？」

「奥から三つ目と、四つ目。……親分、こ、こっちで」

骨ばった左手を、慌《あわ》てて振った。

玄蔵は駆けだした。さっきの童たちが、ぱたぱたと足音をさせて逃げた。両側の障子がいくつか開いて、女房連中が戸口から怪訝《けげん》そうな顔を覗《のぞ》かせる。

二人の家は、中兵衛長屋のときと同じように戸が閉まったままだ。

玄蔵は、十手の先でこじ開けた。

中はがらんとして人のいる気配はなかった。もう一つの部屋も見たが、やはり人の姿はない。

二つの部屋を子細に調べると、とくに荒らされた様子もなく、あがり框《がまち》には、吹きこんだ土埃《つちぼこり》が、うっすらと積もっている。ここ何日か、人の出入りした様子はなかった。

「伊蔵と政五郎の身内は？」

戸口にたまっている長屋の連中に、声をかけた。

「いねえよ」

風邪でもひいているのか、首に手拭いを巻き、掻巻《かいまき》に身を包んだ女が応えた。

「二人とも、一人者《もん》か？」

「政五郎には、女房がいたがね。二年前《めえ》、病で死んじまった。伊蔵の方も、若え《わけ》が家族に死なれて、一人者だ」

「いつごろから、姿を見かけねえ」

「最後に見てから、十二、三日は経つなあ」

さっきの皺だらけの老人が、二、三歩前に出てきた。そうだなあ、そのくらい経つかなあ、と顔を見合いながら、長屋の連中が喋り合う。
十二、三日前といえば、ちょうど比留間半造と市之丞が殺された日あたりだ。
「何か、心あたりは、ねえかい？」

近付いた老人に訊いた。

「二人で、五両手にはいる、とか景気のいい話してたから、岡場所にでも入《い》り浸《びた》ってるんじゃあねえのかな。……湯治《とうじ》ってえがらでもねえし」

「五両だと……！」

岡場所に十日もいるわけがねえ、それに、五両は大金だ、何かある、玄蔵の胸が騒いだ。

「好いた女がいた様子があるかい？」

十日以上も姿を消したとなると、まず、考えられるのは女だ。

「あんな奴を好く女がいるかい。それによ、好きな女がいりゃあ、とうの昔に長屋にひっぱりこんでいらあな」

老人が喋った。妙に大きい乱杭歯《らんぐいば》が、皺の間からつき出た。

「違《ちげ》えねえ」

一人者なら、誰に遠慮もないのだ。女でないとすると、

（消されたのだ！）

二人の失踪《しっそう》は、間違いなく今度の事件に関わりがありそうだ。

「姿を見かけたら、番屋にでも知らせてくんな」

玄蔵は、集まった連中にそういいおいて、長屋を出た。

四

玄蔵が、長屋で伊蔵と政五郎の足取りを洗っているころ、手に尺八を持ち、胸に明暗と書かれた銅箱《げばこ》をかけている虚無僧《こむそう》が、比留間道場の玄関先に立った。

虚無僧は、天蓋《てんがい》をとると、気合と撓《しない》の打ち合う音のする奥に、頼もう、と大声をあげた。

応対にでた比留間道場の門弟は、異様な虚無僧姿の男に怪訝《けげん》な顔をした。立っているのは、総髪に、旅焼けした赤黒い肌の痩せた男である。

「拙者、三河水鬼と申す者、一手所望したい。お取次ぎ下されい」

水鬼の言葉に、門弟は色を失い、転げるように道場内に戻った。

門弟の慌てた声がし、すぐに気合と撓の音が水のひくようにやむ。

道場内の異変に気付いたのか、道場周辺で見張っていた吉助や熊吉などが、武者窓の下や玄関先に近付いて、中の様子を窺った。

待つ間もなく、水鬼の前に、濃紺の道場着に木太刀を携《たずさ》えた右近が、七、八人の門弟を従えて姿をあらわした。

「三河水鬼どのか」

「いかにも。一手、所望したくまかりこした」

玄関先から中を覗いていた吉助と熊吉は、虚無僧姿の男が水鬼と知ると、十手を抜いて、右近に近寄っていき、覗き込むような恰好で吉助が、

「あっしは、吉助と申す岡っ引で、その者、御用の筋で捜しておりやした。お引き渡しのほどお願《ねげ》え申しやす」

と頭を下げたまま低い声でいった。

「吉助とやら、どのような嫌疑か知らぬが、道場内にて、尋常な勝負を所望され、

そのまま引き渡すことはできぬぞ。臆して、町方《まちかた》に引き渡したと噂されては、当道場の名にかかわる。勝負が終わるまで、しばし、待てい」

「そ、そう申されても」

慌てて、熊吉が口を挟んだ。

「命に別条はないわ。すぐ、引き渡してやる。それまで、待て」

右近の言葉に、五、六人の門弟が玄関に降りたち、吉助と熊吉を取り囲んで、外に押し出した。門弟たちに阻《はば》まれた二人は、道場内に足を踏み入れることもできない。

「ちくしょうめ」

外に連れ出された吉助は舌打ちしたが、

「辰ッ、てめえは、玄蔵親分のところへつっ走れ、熊は長谷川道場だ。おれは、朝倉の旦那に知らせる」

外にいた辰造にも伝えて、三人がそれぞれ三方に走った。

その四半刻《しはんとき》（三十分）ほど前、直二郎は長谷川道場で神道無念流の組稽古を終え、道場内の床に座して、汗を拭《ぬぐ》っていた。稽古で十分汗をかいた後は、すがすがしい気分になるのだが、直二郎の気持は沈んでいた。父彦四郎の言葉が胸につかえていたのだ。

逃げられぬときは、という直二郎の問いに、死ねばよい、と応えている。死ぬより他に方法はないから、潔く死ね、という意なのか、死ぬ気でかかれ、という意味なのか、直二郎には判然としなかった。

ただ、はっきりしていることは、今、無住心剣流と仕合えば必ず破れ、敗北は、即、死を意味していることだ。

(死にたくはない……)

直二郎は本心からそう思った。

水鬼の剣は知らぬが、幻鬼の剣は妖剣である。道を極めた正剣と堂々と仕合って破れるのならともかく、まやかしの剣に破れるのはいかにも口惜しかった。

端座している直二郎とは別に、道場内には、門弟たちの輪ができていた。輪の中心にいるのは、幻鬼である。

ときどき門弟の昂《たか》ぶった口吻《こうふん》が聞こえてきたが、幻鬼の声が一段と大きく、他を圧倒する野太い響きがあった。

……江戸中が、なりゆきを注目しておるぞ。……今こそ、長谷川道場の名を、天下に知らしめる絶好の機会よ。すでに、比留間半造、市之丞、心鏡流山上宗源、そして新当流佐久象山を一門の者が斃《たお》しておる。

……幻鬼どの、半造、市之丞は、闇討ちに遭ったといいふらしている者もおりますが。

……勝手にいわせておけい。比留間道場の右近、あるいは、一心斎どのと堂々の勝負をして、これを斃せば、半造や市之丞のことなどどうでもよくなろうが。

……右近どのや一心斎どのと立ち合われるのか？

……猿鬼は、象山と相討ちで果てたが、水鬼がおる。あやつは、必ずやる。

……幻鬼どのは？

……俺か、俺は、右近や一心斎と好んでやるつもりはないが、挑まれればやる。そして、長谷川道場の名にかけて、必ずや、勝つ。

……げ、幻鬼どの、

長谷川道場で、直二郎と最初に話した若い門弟のようだ。興奮しているらしく、声がうわずっている。

……右近どのや一心斎どのを破れば、どのようになりましょう？

……名のある流派は、ことごとく我が一門で破ったことになる。長谷川道場の名は、天下に知れわたろうな。江戸随一の道場になるは、必定《ひつじょう》。おぬしたちも、鼻が高かろうよ。

オオッ！　という門弟のたちの嘆声が、沸き起こる。

ごめんなすって、もし、ごめんなすって……。

道場の玄関の方から、聞き覚えのある声がした。

「毬谷直二郎様に、お取り次ぎお願《ねげ》えいたしやす」

玄蔵の乾分《こぶん》の熊吉の声だ。

直二郎は、玄関へ飛びだした。何事かと幻鬼が、続いて居合わせた門弟たちが玄関先に集まった。

「熊吉さん、どうした？」

顔をこわばらせた熊吉に、直二郎が訊いた。

「水鬼が、比留間道場にあらわれました。すぐ来ておくんなさい」

「玄さんには？」

「辰が走りました」

「よし、行こう」

直二郎が玄関に降りると、門弟たちも先を争うように飛びだした。

「待てい！」

門弟たちに向かって、幻鬼は叱咤《しった》するような大声を浴びせた。

「木太刀や撓《しない》は置いていけい！　よいか、手出しは絶対に無用ぞ。もし、おぬしたちが、比留間道場の者と打ち合うような事態になれば、我が一門が、徒党を組んで襲ったことになるは必定。そうなれば、水鬼の命を賭しての立ち合いが無駄になる。しかと、承知か！」

「はッ」

幻鬼と門弟たちのやりとりを、直二郎は背中で聞きながら、熊吉の後を比留間道場に向かって駆けた。

幻鬼を先頭にした一団が、その半町ほど後ろを追った。

町を行き来する人々は足をとめ、血相を変えて砂埃《すなぼこり》の中を駆ける一団に不安そうな視線を送った。

水鬼が比留間道場にあらわれたという知らせは、西尾邸の離れにいたゆいのもとにも届いた。

水鬼が比留間道場にあらわれることを予知したゆいは、弥八に頼んで、道場を見張らせておいたのだ。

「ゆい様、水鬼というお方が」

曲がった腰を伸ばしながら、弥八が言ったのはそれだけだったが、すぐに、ゆいは事情を察した。

「すぐ、参ります」

小倉袴の裾を翻《ひるがえ》して、裏門の方に駆けだした。

「裏門に辻駕籠が」

ゆいの背に、やっと聞きとれるほどの声で言った。

「かたじけない」

恐らく、比留間道場の近くから自分の乗ってきた駕籠を、ゆいのためにそのまま待たせてあるのだろう。愚鈍《ぐどん》なようだが、ぬかりはないようだ。

ゆいは、はやる気持を抑《おさ》えて辻駕籠に乗り込んだ。

五

道場内は二十間四方もあろうか、三方の隅に二百人を越える門弟たちが連座していた。皆、一様に、右近が従えてくる水鬼を目で迫っていた。私語はもちろん、咳《せき》一つせず、異様な静けさに包まれている。

正面に神棚が祀《まつ》られ、その下に痩軀の老武士が座していた。髷《まげ》は白髪、顔も皺だらけで猫のように背を丸めていたが、鼻梁《びりよう》は異様に高く尖《とが》り、両側の細い目は刺すように鋭かった。比留間一心斎である。

右近は、一心斎に水鬼の来意を告げ、

「まず、佐竹弾正と立ち合わせてみる所存ですが」

と、許しを求めた。

右近は、猿鬼と幻鬼の鬼神とも思われる腕のほどを知っていた。長谷川道場の三鬼と恐れられる水鬼も相応の達者であると思っていい。右近にすれば、まず、水鬼の腕のほどとどのような剣法を遣うのか見定める必要があったのだ。

一心斎の双眸は、水鬼の全身に凝《じ》っと注がれていた。

右近の言葉に、うむ……、と頷いただけで、一言も発しなかった。ただ、微《かす》かにその顔貌《かお》にういた翳《かげ》を右近は見逃さなかった。

(父上は、この男を怖れておられる)

老いたな、右近はそう思っただけで、ぐいと立ち上がり、

「佐竹弾正、この者と立ち合ってみよ」

と先頭に座していた門弟に命じた。

「はッ」

佐竹弾正は、木太刀を把《と》って弾《はじ》かれたように立ち上がった。

水鬼は持っていた天蓋と尺八を隅に置き、餉箱《げばこ》と肩を被《おお》った大掛絡《おおから》をはずした。

つかつかと木太刀の掛かった板壁に近寄り、手頃なものを掴むと道場の中央にもどり、弾正と相対した。

「いざ！」

弾正の構えは、剣尖《けんせん》を相手の喉《のど》につけた青眼《せいがん》。両者の間合は、およそ三間。

水鬼は、剣尖を小腹につけたほぼ水平の青眼の構えから、腰を沈めた。

「三河水鬼、水の構え！」

そう言いながら、水鬼は一歩間合をつめた。

二間半の間合では、切っ先を合わせることもできないと判断した弾正が、さらに間合をつめようとした刹那、水鬼の腰が異様に沈んだ。

テエイッ！　脾腹《ひばら》を抉《えぐ》るような気合と同時に、水鬼の体が浮いた。

弾正の目に、それは下腹に向かって突き出された長槍《ながやり》のように見えた。一瞬、その槍先を躱そうと横に体を動かしたとたん、カッ！　という音と同時に、弾正の木太刀が天井まで撥《は》ね飛んだ。

次の瞬間、弾正は腹を押さえてその場に蹲《うずくま》り、水鬼は胴打ちから八相《はっそう》に構え、残心《ざんしん》をしめしていた。

「命に別条はござらぬ」

右近に向き直った水鬼は、息の乱れもなかった。

「見事な腕よ。次は、拙者がお相手いたそう」

右近は、片手で三尺程の木太刀（定寸より長いのは、右近用に置かれた特別のものであろう）を把《と》り、びゅうびゅうと素振《すぶ》りをくれた。

（こやつの剣なら、勝てる）

右近はそう読んでいた。

水鬼の剣は一気の攻撃で相手が怯《ひる》んだ隙をつくものだったが、右近には、踏みこみながら弾正の木太刀を撥ねあげ、胴を打った水鬼の動きと太刀筋が見えていた。

右近は、水鬼の攻撃を躱し、打ち返す自信があった。

「では、まいる」

三間の水鬼の間合で、右近は対峙し、弾正と同じ青眼に構えた。

そのとき、正面に座していた一心斎が、ふいに立ち上がった。

「待てィ……」

めずらしく一心斎は、木太刀を携えている。

「右近、そやつには、勝てぬぞ」

「なんと」

「今、見たのは、そやつの剣ではないぞ。恐らく、半造、市之丞を斃したと同じ無住心剣流。天下無双の剣と聞く」

「無住心剣流！」

「長谷川嘉平どのが、長年三鬼と称する内弟子と、ひそかに習練していたと洩れ聞く。……水鬼とやら、それに、相違あるまい」

水鬼に向けられた一心斎の細い双眸が、光を帯びている。隠居した老人の眼ではない。宿敵と対峙した剣客の眼だ。

「いかにも、右近どのとは、無住心剣流にて立ち合う所存でござる」

「ならば、右近に代わって、わしが立ち合おう」

「……！」

右近は驚いて、父一心斎を振り返った。

「右近、半造に新当流を、市之丞に心鏡流を学ばせたは、無住心剣流を破らんがためじゃ。上段からの打ち落としの剣に対抗できるは、相手の太刀を恐れぬ入り身と読んだが、宗源どのと象山どのが破れたところをみると、入り身の極意をもってしても、敵わなかったようじゃ」

「なんと！」

「すでに、四人も斃されておる。捨ててはおけん」

「父上、なればこそ、この右近が」

右近は三尺の木太刀の切っ先を、ぐいと水鬼にむけた。

「心配いたすな。わしにも策がある。それに、無住心剣流がどのような剣か知らずして、勝つことはできまい。……右近、水鬼の太刀筋、しかと、その眼に刻んでおくがよい」

一心斎は言いながら、袴の股立《ももだち》をとった。

つつッと九尺ほどさがりながら、いざ！　と構えた。八相である。

さっきまで、萎《しぼ》んだように小さかった老人の体が、構えた木太刀と一体となり、一回り大きくなったように見えた。その自然で穏やかな構えには、見る者を圧倒する威風がただよっている。

水鬼は、青眼からゆっくりと切っ先を上げ、右片手上段に構えをとった。

二人は、ほぼ二間半の間合で対峙したまま、己の全身からすべての力《りき》みを拭いとるように自然体で立ち、動きをとめた。

ちょうどそのときである。玄関先で人声がし、床を踏む急《せ》いた足音が響いて、数人の男が道場内に姿をあらわした。

突然、張りつめていた道場内の静寂が、乱入者の荒い息と足音で破られ、一心斎と水鬼に釘付けになっていた門弟たちの視線が、一斉に動いた。

五、六人の男たち。直二郎と熊吉、朝倉の姿もある。

二、三歩進み出た朝倉が、腰から十手を引き抜き前につき出して、何か叫ぼうとした。おそらく、仕合をやめさせようとしたのだろうが、その場の張りつめた緊張に声が喉の奥に詰まって出なかった。直二郎の動きもとまった。

水鬼と一心斎の間には、何者の介入も許さない峻厳《しゅんげん》な緊張が張りつめていた。二百人を越える門弟たちは、侵入者を目にとめても、立つ者もなく、声を発する者もなかった。ただ、凝《じ》っと息をひそめている。

茫然《ぼうぜん》とその場に佇立《ちょりつ》した直二郎たちの背後に、幻鬼と長谷川道場の門弟たちがあらわれたが、彼らもまた、その場を支配していた峻厳さに圧倒され、ただ固唾《かたず》を飲んでなりゆきを見守るよりほかになかった。

右片手上段に構えた水鬼は、幻鬼や嘉平のように顔貌が変わることはなかった。身は泰然とし、双眸は、観《かん》の目で敵の心を映している。その構えには、威圧も、誘いも、気配もなく、空に浮く白雲のようにゆったりと立ち、すべてを超越していた。まさに、ただ上げた木太刀を下ろす、というだけの構えだった。

(これが、無住心剣流!)

直二郎は、網膜にその構えを焼きつけた。

対する一心斎は、八相に構えていた。これは、直二郎が考えたと同じように、胴を薙ぎ払う構えだが、切っ先を斜め前方につき出すようにしている。

(上段からの太刀を受けてから、胴を払うつもりだ)

さすがは、一心斎。これなら、胴の太刀筋を見切られることはないわけだ。

お互いが後《ご》の先《せん》の狙いということになる。先に仕掛けた方が負ける。それゆえ、二間半の間合がつめられないでいるのだ。

水鬼が先に動いた。

上段の構えのまま、無造作に間合をつめた。まるで親しき者に歩み寄るような軽快さだ。

が、一心斎は水鬼に撥ねとばされるように、迅《はや》い擦《す》り足で後ずさった。たちまち、一心斎は道場の隅に追いつめられ、板壁に背をつけた。それ以上、さがることはできない。

間合がつまり、両者は一足一刀の間境《まざかい》を越えた。

一瞬、木太刀と一体となり大きく見えていた一心斎の体が、萎んだように見えた。一心斎の目に怯《おび》えが走る。まさに、蛇に睨まれた蛙のように、一心斎は竦《すく》んでいた。

（打たれる！）

上段の木太刀を、そのまま打ち下ろすだけで打たれる、直二郎はそう直感した。

一切の剣の術技を捨て去り、作為のない、ただひき上げた木太刀を打ち下ろすだけの剣だが、その構えには、相手を射竦め、息をつまらせるほどの強大な圧力が生じているのだ。

ふいに、一心斎が目を閉じた。そして、全身から闘気を消し、構えた木太刀を前に押しだすようにした。水鬼の打《だ》を心眼で観《み》ようとしているのだ。

（来る！）

水鬼の構えに、打の機が満ちたと見えたとき、思いもかけぬ異変がおきた。コッ、と小さな咳をし、続いて、ごほッという咳と同時に、水鬼の口から血飛沫《ちしぶき》が飛んだ。水鬼は、上段に構えたまま、ほとんど身体を動かすことなく突然の喀血に耐えた。

が、その一瞬の構えの崩れを、一心斎は見逃さなかった。

血飛沫を顔面に受けた一心斎は、歯を剝《む》き、阿修羅《あしゅら》のような形相《ぎょうそう》で、一気に踏みこんだ。

飛びこんでくる一心斎に向かって、水鬼の木太刀が振り下ろされた。腰の沈みが、太刀に乗った凄まじい一打だ。

気合もなかった。ただ、ビュウと、二つの大気を裂く太刀の音が、居合わせた人々の耳にかすかに聞こえただけだった。

もし、喀血という異変がなければ、水鬼の木太刀は間違いなく一心斎の眉間を砕いていたろうが、水鬼の打は、はずれて肩口をとらえた。

一心斎の踏み込みが、一瞬迅かったのだ。薙ぎ払った木太刀は、水鬼の胴腹に食いこんでいた。

　がくり、と体を折るように水鬼は倒れた。

　いったん膝をついた一心斎は、肩口を押さえたまま立ち上がった。右手が、だらりと垂れているところを見ると、肩甲骨が砕かれたのか。

「恐るべし、無住心剣流……」

　ゆらりと立った一心斎は、放心の体《てい》でそう呟いた。

　そのとき、呆然と立ちつくしていた直二郎たちの背後から、前に飛びだした者があった。必死の形相で、水鬼のもとに走り寄ったのは、ゆいである。

六

「水鬼！」

　ゆいは、倒れた水鬼を助け起こした。

　ウッウ、という呻《うめ》き声とともに、水鬼の顔が歪《ゆが》み、口から血が溢れ出た。

「動かさぬがよいぞ、肋骨が折れておる」

　一心斎の言葉に、ゆいは、キッとした目で睨み上げ、

「おのれ、長谷川嘉平が娘、ゆい、水鬼の敵《かたき》！」

傍らの血の付いた水鬼の木太刀を把って、ぐいと立った。

血相を変えたゆいを見て、直二郎がそばに走り寄った。ゆいの捨身の打ち込みをとどめようとしたのだ。

「待たれよ、ゆいどの。この男、命に別条はない。この勝負引き分けじゃ。わしも、肩の骨を砕かれておるぞ。……今は、一刻も早く医師の手当てを受け、養生するが、肝腎《かんじん》じゃ。ほうっておくと、この男、死ぬぞ」

「…………」

拭い取ったように、ゆいの顔から怒りがきえ、がっくりと膝が折れた。

「聞けいッ！」

一心斎は、道場内に響き渡る大声をあげ、

「よいか、この勝負引き分けじゃ。以後、当比留間道場は、長谷川道場に対し、何の遺恨ももたぬ。これにて、無益な仕合はすべて終《しま》いじゃ。……其許《そこもと》たちも、立ち去られるがよい」

居並ぶ門弟たちの中で私語が起こり、ざわざわと揺れた。

「待てい！」

前に出てきたのは、幻鬼だ。ふてぶてしい顔で、一心斎と一門の者を睨《ね》めまわす。

「この勝負、一心斎どのの負けとみた。水鬼の労咳の発作《ほっさ》の隙をついて、打ったもの。もし、異変が起こらなければ、水鬼の木太刀は、間違いなくおぬしの眉間をとらえていたとみるが、どうだ」

「……確かに」

「ならば、潔く敗れたと認めよ。おぬしの窮鼠《きゅうそ》のごとき不様《ぶざま》な振舞い、皆の目に焼きついておるぞ」

　幻鬼の口許に挑発的な嗤《わら》いがういた。

「できぬな。幻鬼とやら、異変が起こるは、勝負のならい。突風《かぜ》が立ち、土埃《つちぼこり》が目を塞《ふさ》ぐこともあろうし、飛びたった鳥に一瞬の気を奪われ、不覚をとることもある。それがために破れても、不服は言うまいぞ。……それを読むも、腕のうちじゃ」

「一心斎、恥を知れ！　おぬし、打ち合う前にすでに負けておったわ」

「幻鬼とやら、口が過ぎようぞ」

　一心斎の面《おもて》に、不快な表情がういた。

「命を賭した勝負を引き分けなどと誤魔化《ごまか》されては、水鬼の気は晴れぬわ。一心斎、我が一門の剣に恐れをなして、勝負の決着を避けようとの魂胆《こんたん》らしいが、一つ、大駒が残っていようが」

「……大駒となー！」

「そこにいる右近よ。俺は、右近に勝負を挑まれておる。それとも、水鬼の剣に恐れをなし、挑戦を反故《ほご》にするか」

聞いていた右近が烈火のごとく怒り、

「おのれ、幻鬼！　言わせておけば。そっ首、たたき斬ってやるぞ」

巨軀を震わせて、幻鬼の前にたち塞がった。

「望むところよ」

幻鬼は揶揄《やゆ》したような嗤いを顔面にたたえながら、前に進み出た。

「ちょいと、待て。立ち合いとはいえ、これ以上、死人がでるようでは、黙って見逃すわけにはいかんぞ」

朝倉が、幻鬼の前に朱房の十手をつき出した。

「南町の朝倉どのと仰せられたかな。……これは、道場内での尋常な立ち合いよ。喧嘩や果たし合いとは違うわ。たとえ、お上《かみ》とはいえ、とめることはできぬぞ」

「うぬ……」

幻鬼の言うとおりだった。道場内の立ち合いを止める理由はなかった。それに、両道場の門弟たちの眼は、このままでは、乱闘になりかねない、と思わせるほど血走っていた。それだけ、幻鬼の言動は、挑発的だったのだ。

その場の異様な雰囲気に気圧《けお》され、朝倉の十手が力なくおりた。

水鬼は、ゆいに付き添われ、駕籠で長谷川道場に運ばれた。そこに医師が呼ばれ、手当てを受けることになろうが、剣客として、ふたたび剣を把れるように回復できるかどうかはわからない。不治《ふじ》の病といわれている労咳だけに、長谷川道場を継ぎ、門人を育成できるまでに回復するのは無理であろう。

長谷川道場で道統を継げる者として、残ったのは、幻鬼一人ということになる。

一方、比留間道場側も事情は同じだった。

半造、市之丞が死に、総帥でもある一心斎が水鬼に後《おく》れをとった。残るのは、比留間道場随一と剛腕ぶりが謳《うた》われた右近だけである。

今、両者が、両道場の期待と思惑を一身に背負って対峙していた。

右近は、三尺の木太刀をぴたりと青眼に構えていた。巨大な巌《いわお》のように、どっかりと腰をすえた構えだ。胴を薙いだり、入り身で勝負したりするつもりはないようだ。その持ち前の剛腕で、真っ向から堂々の勝負を挑む肚《はら》らしい。

一方の幻鬼は、あの木太刀を握った拳を額にあてた、上段である。構えるやいなや、幻鬼の顔から、拭いとったように表情が消え、眠ったような細い目になる。

すでに、幻鬼は、あの玄妙な体捌《たいさば》きを生む境地に没入している。

間合は、二間半。

右近は闘気のない幻鬼の構えに戸惑ったようだが、無造作に一足一刀の間境を越えるようなことはしなかった。

イヤヤッ！

一分《いちぶ》の隙もない青眼のまま、巌のような巨軀から床板を震わすような気合を発したが、反応がないと知ると、ジリッ、ジリッと間合をつめはじめた。

幻鬼は石仏でもあるかのように、慈愛さえ感じさせる穏やかな顔貌のまま、ピクリとも動かない。

間合に踏みこんだ右近は、体を微かに上下させ、切っ先をピクピクと動かし始めた。

通常、青眼の構えのとき、身体や切っ先を静止させてしまうことはない。多少、身体や切っ先を動かしていた方が、打突《だとつ》の起こりが迅いからだ。

今、右近は、攻撃にも防御にも、身体がすばやく反応できるような体勢をとっていた。

が、一向に幻鬼から仕掛ける気配はない。風に揺れる柳枝《りゅうし》のごとく、幻鬼は右近の動きを受け流していた。

イヤッ！　イヤッ！

右近は、一尺ほど切っ先を伸ばし、二度突く気配をみせた。牽制《けんせい》である。

幻鬼の剣が後の先の狙いであり、闘気の無いその構えを崩さずに打ち込むことは、危険だと察知しているのだ。

イヤッ！

今度は木太刀を一尺ほど振り上げ、そのまま正面から打ち込む気配をみせた。が、幻鬼は微動だにしない。

牽制では動かないとみてとった右近は、青眼の構えのまま、さらに間合をつめた。その顔に、かすかに焦りの色がういている。

ゆっくりと、足の親指を床に這わせながら、ジリッ、ジリッと近付き始めた。止まっているとんぼや蝶の背後から、腕を伸ばしながら近付くのに似ている。

近付きながら、右近の剣気が全身に満ちてきている。

「打ってはならぬ！」

一心斎が叫ぶのと、右近の巨軀が、踏み込むのと同時だった。三尺の剛剣が、岩をも断ち割る凄まじさで、真っ向から振り下ろされた。

イヤヤアッ！

右近の木太刀が幻鬼の頭を割った、とみえた次の瞬間、幻鬼の体が揺れたようにわずかに動いた。幻鬼は、絶妙な体捌きで右近の木太刀を切っ先一寸の見切りで躱し、真っ向から上段の太刀を振り下ろした。

門弟たちには、幻鬼の木太刀の動きは見えなかった。ただ、ゴン、という破れ鐘《わがね》を叩いたような音を聞いた。一瞬、右近の巨軀が静止したと思うと、ゆっくりと傾き、ドウと床に崩れおちた。

割れた右近の頭蓋から、脳漿《のうしよう》が溢れ、ドクドクと小川のように血が流れだした。白眼を剝いたまま、右近は、ピクリとも動かない。

血の滴《したた》る木太刀をだらりと下げたまま、幻鬼は野辺の石仏のような慈愛に満ちた顔貌《おもて》を、呆然自失し痴呆のごとく息を呑んでいる門弟たちに向けていた。

まるで、時が止まったように道場内は静まりかえっていた。

やがて、幻鬼の顔に苦悩の影がはしると、蓬髪が揺れ、憎々しい嗤いを湛《たた》えた顔が仮面をとったように甦《よみがえ》った。

突然、幻鬼は木太刀を突きあげ、

「どうだ、見たか！　これが、常陸《ひたち》幻鬼の無双剣！」

悪鬼のごとき形相で絶叫した。

居並ぶ比留間道場の門弟たちは、一様に畏怖《いふ》と恐怖で蒼ざめ、竦んだように身動きできなかった。

直二郎は呆然として、幻鬼の絶叫を聞いていた。冷水を浴びせられたように全身が粟《あわ》だち、身体が震えた。

（これが、幻鬼の剣の神髄だ！）

直二郎は、幻鬼の剣法だけに震撼《しんかん》したのではない。そのとき、剣法の奥に潜んでいるともいえる、幻鬼の真の恐ろしさを垣間《かいま》見たのである。

第七章　二重の罠《わな》

一

「どうも、気にいらねえ」

辰造から話を聞いた玄蔵は、すぐに水鬼《すいき》があらわれたという比留間《ひるま》道場に向かったが、四、五町《ちょう》ほど走ったところで、ふいに立ちどまった。めずらしく怒ったような顔をしている。

玄蔵は腰から十手《じゅって》を引き抜くと、肩口をせわしく叩きだした。

「……なあ、辰、まるっきり段取りどおりに踊らされているようじゃあねえか。そう思わねえかい。……よし、比留間道場の方は、朝倉の旦那《だんな》と直《なお》さんに任せて、おれたちは別口から下手人《げしゅにん》を追おうじゃあねえか」

「で、でも、親分、水鬼から話を聞かなくていいんですかい？」

辰造は目を丸くして、口を尖《とが》らせた。

「なあに、二人がいりゃあ、こっちの聞きてえことは、みんな聞いてくれらあな。……たまには、脇道に逸《そ》れてみることも大事《でえじ》だぜえ」

「へえ……」

玄蔵はゆっくりした足取りで歩きだした。

それからおよそ半刻《はんとき》の後、谷中《やなか》の感応寺《かんのうじ》の裏の空地に、玄蔵と辰造は立っていた。

風がでてきたらしく、背後の竹林がざわざわと揺れていた。陽《ひ》が西に傾き、付近にあるいくつかの寺院の甍《いらか》が、黒い影を延ばしている。

葉を落とした欅《けやき》の梢《こずえ》に数羽の烏《からす》がいて、玄蔵と辰造を警戒しているのか、喉《のど》の裂けたような声で、さかんに啼《な》きたてていた。

玄蔵は、市之丞の死体のあった辺りを、しきりに歩きまわった。

「親分、今さら、探したって何も出てきゃあしませんぜ」

辰造も、仕方なし、歩きまわりながら、叢《くさむら》に視線を這《は》わせている。

「そいつは、分かってるが、念のためにな」

「それに、もうすぐ、日が暮れちまいますぜ」

「よし」

玄蔵は探すのを諦《あきら》めたらしく、辰造のそばに来て屈《かが》みこんだ。十手の先で、地面

れ
に三つの点を示し、

「辰、よおく、考《かんげ》えろよ。ここが本所《ほんじょ》、それに、神田《かんだ》と谷中《やなか》だ」

「へい……」

「同じ夜の四ツごろに、同じ太刀筋《たちすじ》で、市之丞《いちのじょう》と半造《はんぞう》が殺され、直さんが襲われたところだな」

「そうです、親分」

「どうしても、三人の仕事と考えるより仕方があるめえ」

「そりゃあそうです。あっしだって、そのくれえのことは分かる」

「ところがだな、直さんが、四ツに襲われたのは間違えねえが、市之丞と半造が殺されたのを誰かが、見たわけじゃあねえんだ」

「だって、そいつは、親分が！」

辰造が不服そうな顔をした。

「そうだ、死体の様子から、四ツごろだと言ったのは、確かにこの俺だが、殺しの場所は、神田と谷中でなくてもいい」

「でも、親分、血を拭《ふ》きとった跡もあったし、枯草を毟《むし》りとった跡もありましたぜ」

「それよ。それで、現場もここだと思ったわけだが、駕籠《かご》がある」

「あッ……」

「中兵衛長屋の長次と喜平は、口封じで消されたとみていい。……二人が、人一人の重さの物を運んだと言ってるから、中身は市之丞か半造、どっちかの死体だったと考えられるが、俺は、運んだのは神田だと思ってる。こんな、草っ原じゃあ、死体を片付けるまで、よそへ行ってろってわけには、いくめえ」

「するてえと、谷中の方は？」

「初めはな、ここ、谷中の近くで二人を殺し、神田へ半造を運んだと考えたんだが、今日、伊蔵と政五郎ってえ駕籠かき二人が、いなくなってるのをつかんだ」

「ということは、この谷中も」

「そうだ。こっちも駕籠で運んだんだ」

「なるほど、枯草を毟ったり、血を拭きとったりしたのは、そこで殺《や》ったと見せかけるためで」

「そういうことだ」

「でも、親分、何だって、またここに？」

辰造は、団栗眼《どんぐりまなこ》を玄蔵に向けた。

「伊蔵と政五郎は、十七日の夜から、姿を消している。市之丞と半造が殺られた夜だ」

「……！」

「ここらあたりは、死体を始末するのに、もってこいの場所じゃあねえか」

「するてえと……」

辰造の赤い顔が、心なし白くなった。

「そうよ。伊蔵と政五郎は、付近に隠されてると睨《にら》んだのよ。……まず、少し掘って土でも被《かぶ》せたかと思って辺りを見たんだが、そんな跡はねえようだ」

玄蔵がさっきから探していたのは、死体を埋めた場所だったようだ。

「親分、場所が違うんじゃあ」

「いいや、この近くだ。辰、周りをよく見てみろ。どこに、片付けやがったか……」

玄蔵はたちあがって、周囲に視線を回した。辰造も立って、辺りを見渡す。

「親分、あそこに、いやに烏の野郎がいますぜ」

「………」

一町ほど先の藪《やぶ》の中に、欅《けやき》の大木があって、茜《あかね》色の空に黒い網のように枝を張っている。樹頂近くに、数羽の烏がいて、ギャアギャアと啼きたてていた。

「あそこだな」

欅の周辺は篠竹《しのだけ》や背丈《せたけ》ほどの灌木《かんぼく》が密生しているが、獣道《けものみち》のように踏み倒されている細い径《みち》がある。何度か、人が通ったようだ。

十手で、灌木の枝を払いながら、玄蔵と辰造は欅に近付いた。

根元まで、十間《けん》ほどのところに来たとき、前方の叢の中で、ごそごそと動くものがあった。

「お、親分、何かいやがる！」

辰造が、震え声をだした。

「辰、野犬だ！」

獰猛《どうもう》な目をした野犬が三匹、枯れたすすきの向こうから、玄蔵たちの様子を窺《うかが》っていた。赤茶けた目が、異様に光っている。三尺ほどあろうか、野犬にしては大きい。三匹とも、今にも跳びかからんばかりに身を低くして、牙《きば》を剝《む》き、威嚇《いかく》するような唸《うな》り声をあげている。

「畜生相手に熊手を使うほどのこともあるめえ。辰ッ、石を拾え！」

玄蔵と辰造は、足元に手を伸ばして、鶏卵《けいらん》ほどの石を拾いあげた。

「辰、てめえは、黒のぶちを狙え。俺は、真ん中の茶色に、一発くらわせてやる」

二人は、そろそろと近付いた。

赤茶けた両眼に光が増し、接近する二人を威嚇するように凶暴な唸り声をあげた。

「ヤロウメ！」

叫びながら辰造が、続いて玄蔵が握った石を、狙い定めて投げた。

ゴッ、という音。キャン！　という鳴き声。

一間ほど跳ね飛んだ二匹は、そのまま背後の笹藪の中につき刺さるように逃げこんだ。残った一匹も、尻尾《しっぽ》を巻いて、二匹の後を追う。

その音に驚いた樹頂の烏が、バタバタと薄闇の空に飛びたった。

「ざまあみろい！　畜生の分際で、人間様に盾《たて》をつこうなんざあ、生意気過ぎらあ」

辰造が悪態をついた。

「……！」

「辰、その畜生が人間様を、食らっていたようだぜ」

そういえば、犬がいたあたりから鼻をつく異臭が漂ってくる。

「見ろよ」

さすがの玄蔵も、袖で鼻先を押さえた。

「ひでえな……」

辰造は泣きだしそうな情けない顔になった。

二人の男の死体が、並んで転がっていた。仰臥《ぎようが》した一人は、見るも無残な死顔を晒《さら》していた。両眼は鳥に啄《ついば》まれたらしく、穴になり、腐肉は野犬に齧《かじ》られたのであろう、剝きだしになった半顔の頬骨と歯が、白磁《はくじ》のようだった。もう一人は、うつ伏せで、両腕と後頭部の骨が露出している。

「額を見ろよ、同じ太刀筋だぜ！」

仰臥した男の顔に視線を落としながら玄蔵が言った。

運よく額の肉が残っていて、二寸ほど肉が裂け、まわりに黒い血がこびりついているのが見られた。

「こいつは、妙なことになっちまったぜ」

玄蔵の眉間《みけん》に大きな縦皺《たてじわ》がよった。何か、腑《ふ》に落ちぬことがあるようだ。

「親分、何です？」

「辰、考えてみろい。神田の方は、深編笠の浪人が、駕籠を先導しているのを、火の番が見ている。それに、長次と喜平を駕籠から離しておいて、その間に死体を道場内に運びこむには、どうしても、一緒にくっついていなけりゃあなるめえ」

「そりゃあそうです」

「なら、この伊蔵と政五郎は誰が殺ったんでえ？」

玄蔵は十手の先で死体を指した。

半造と市之丞が死んだのは、同時刻である。神田の方を始末してから、ここにとんで来て殺るというわけにはいかない。

「下手人は、二人ということで？」

「うむ。……それにしても妙だ。長次と喜平の殺しとは、まるで違う」

玄蔵は腰から十手を抜いて、また肩先を叩きだした。

「口封じじゃあないんで？」

「いや、口封じだとは思うが、狙いが、違う。……考えてみろい、中兵衛長屋の方は、しばらく生かしておいて、しかも死体を隠そうなんて気はまったくねえ。ところが、こっちは、運び終わったら、すぐその場で、片付けてやがる。しかも、死体が発見《みっから》ねえよう、こんな藪ん中まで、引き摺《ず》りこんでるじゃあねえか」

「ここなら、うっちゃって置いても、野良犬や烏が、始末してくれるでしょうからね」

もう一度、死体に視線を落として、辰造はぶるっと身震いした。

「それに、二人で共謀したとなると、下手人の目星がつかねえ」

「親分、長次と喜平は、下手人の手下だったんじゃあ？」

「さあ、そりゃあどうかな。手下なら、一両ぐれえな酒代で、はしゃぐとは思えねえ」

「………」

「とにかく、もう少し、殺された駕籠かきと浪人者との繋《つな》がりを探ってみる必要がありそうだぜ」

頭上で、カアカアと鳥の啼き声がした。さっき飛びたった鳥が、また欅の樹頂に戻ってきたようだ。

薄闇の中で羽をとじる黒い鳥を見上げながら、玄蔵は、

「伊蔵と政五郎の方が、手先だったのかも知れねえなあ……」

そう言って、十手の先で肩口を叩きながら歩きだした。

二

右近の葬儀を終えた翌朝、比留間一心斎《いっしんさい》が道場内で腹を切って果てた。

作法通り、白の裃《かみしも》を帯まで脱ぎ、その袖を膝の下に敷きこんで背後に倒れないようにして、左から右に引き切っていた。脇差を両手でしっかり握りしめているのは、右手の肩甲骨《けんこうこつ》が、水鬼に打ち砕かれたため自由にならず、左手を添えたものであろう。

前につっ伏した一心斎は、両眼を刮《かっ》と瞠《みひら》き、歯をくいしばり、苦悶《くもん》の表情のまま額を床につけて死んでいた。

その一心斎自刃《じじん》の報にも、わずかの門人しか集まらなかった。一心斎の死で、比留間一刀流《いっとう》を継ぐ者は完全に絶えたといっていい。多くの門弟が、すでに道場を捨てていた。かなりの域に達していた高弟たちも、比留間一刀流を名乗ることを躊躇《ちゅうちょ》したであろう。一門の主《おも》だった者がことごとく敗れた比留間一刀流の名は、すでに地に落ちていたのだ。

右近が斃《たお》された翌日から、江戸市中は、比留間道場の二つの仕合の話で沸いていた。

天下に名の通った剣客が、次々に対戦し命を落としているのだから、興味をそそられないほうがおかしい。それに、道場内で撓《しない》を打ち合うだけの剣術などと違って、真剣や木太刀で打ち合うのだから、話にも迫力がでる。

瓦版《かわらばん》は飛ぶように売れ、当然のことながら、勝った長谷川道場の名は上がり、敗れた比留間道場は地に落ちた。そして、人々の噂は、最後の仕合に勝った常陸幻《ひたちげん》鬼《き》の剣が最強だろう、ということで落ち着く。

幻鬼の剣、無住心剣流《むじゅうしんけん》無双剣の名は、子供でも口にするようになった。

長谷川道場には、新たに「無住心剣流指南常陸道場」の看板がだされ、比留間道場の門弟をはじめ新たな入門志願者が列をなした。三年前、一心斎に嘉平《かへい》が敗れ、長谷川道場が零落《れいらく》したのとまったく同じ現象が起きたわけである。

幻鬼は師範代《しはんだい》という肩書きだったが、当然のことながら内実は道場主であった。しかも、江戸詰めの有力な藩邸から、ぜひ我が藩の剣術指南を、と高禄《こうろく》を誘いに、いくつも打診があった。

水鬼《すいき》は長谷川道場から西尾邸の離れに引き取られ、医師の手当てを受けた。四本肋骨《ろっこつ》が折れ、うち一本は皮膚を突き破りとびでていた。かなりの重傷といってもいい。労咳《ろうがい》も進んでおり、当分絶対安静が必要であろうという診断《みたて》だった。

比留間道場で仕合った二日後、玄蔵と朝倉が病気見舞いという口実で、西尾邸に姿をあらわした。

屋敷内に居合わせた西尾甚左衛門も、部屋の隅に座していた。

「どうかな。少しは落ち着かれたかな」

朝倉は、のっぺりした顔にめずらしく笑みをうかべて、ゆいに尋ねた。

「はい、話すくらいなら大丈夫です」

ゆいは、水鬼の枕元にぴったりと寄り添って座していた。病に冒《おか》された水鬼と、生涯を共にする覚悟でいるようだ。その面貌《おもて》には、固い決意とともに女としてのある種の満足が見てとれた。愛《いと》しい男の世話をし、苦労を共にすることの喜びなのであろうか。

（女の顔だな……）

玄蔵はチラッと直二郎《なおじろう》の顔を思いうかべた。

剣術もいいが、すこし堅すぎる、はやく女房をもらって身をかためた方がいいのかも知れねえ、そんな思いが頭を過《よ》ぎった。

「水鬼どの、ちょいと話を聞かせてもらえるかな」

朝倉が、寝たままの男に声をかけた。

「半身《はんみ》が動かぬゆえ、このように寝たままの無礼、お許しくだされい」

細いがしっかりした声がかえってきた。

「まず、比留間半造、市之丞どののことだが、お主が仕合ったのかな？」

「知らぬ。半造どのや市之丞どのと仕合わねばならぬ理由、拙者にはない」

「江戸の五流を斃すつもりではなかったのかな？」

「新当流《しんとう》や心鏡流《しんきょう》を斃すつもりなら、宗源《そうげん》や象山《しょうざん》と仕合わねばなるまい」

「なら、猿鬼《えんき》か？」

「猿鬼でもない」

水鬼の話すところによれば、江戸に戻ってすぐに猿鬼に出会い、二人は同じ成田屋の焼跡に潜《ひそ》み、お互い五流を斃すべく、機会を狙っていたという。

「猿鬼は、幻鬼に違いないと申しておったが」

「うむ。それがな……」

同じ時刻に、幻鬼が直二郎と仕合っていたことを知らぬようだ。

「そのことですが」

玄蔵が言葉をはさんだ。

「水鬼様は、中兵衛長屋の長次と喜平という駕籠かきを使って、伝通院《でんづういん》近くの稲荷《いなり》から、ゆい様を運ばれましたな？」

勾引《かどわか》したとは言わなかった。事実、ゆいの口から、匿《かくま》われていたと聞いている。

「あのような方法をとったのは、ゆいどのを幻鬼の元から隠すためだった。あの男には、妙な性癖《せいへき》がありまして……」

仕合前に、獣のように、女人を犯すと言う。そのことは、玄蔵も、おかねから聞いて知っていた。

「それゆえ、ゆいどのを幻鬼のそばにおくことはできなかった。……それに、初めからゆいどのに会えば、あのような土蔵に潜むことを同意しなかったはずで、やむをえずあのような方法をとり申した」

「水鬼の申す通りです。わたくしは、一刻も早く、長谷川道場に戻ることを願っておりましたから、水鬼に会えば、そのことを強く申したと思います」

ゆいが、水鬼の方に視線を落としながらいい添えた。

「その長次と喜平なんですが、殺されたのをご存じで」

「し、知らぬ」

「しかも、額の疵《きず》は、半造、市之丞どのと同じ太刀筋、殺《や》ったのは、同一人と見ておりやす」

「な、何と！　まことか？」

水鬼の胸元の布団が大きく動いた。思わず身を起こそうと動いたらしい。

「へい。おそらく、口封じだと。……水鬼様は、長次と喜平をご存じでしたか」

「玄蔵とやら、俺を疑っておるのか？」

「初めは、水鬼様が殺ったとみておりましたが、今は別人だと確信しておりやす。が、水鬼様が、何故《なにゆえ》、二人の駕籠《かご》かきを使ったか、そいつが、すっきりしねえんで。偶然にしちゃあ、できすぎていますんでね」

「長次と喜平なら、以前から知っておる。三年前、江戸を発《た》つ前から、駕籠を頼むことがあれば、二人を使っていたからな。もっとも、滅多に駕籠に乗ることなどなかったから、むこうは覚えてはおるまいが」

「なるほど、そういうことでしたか。……幻鬼どののそのことはご存じで？」

「知ってるだろうな」

「湯島天神近くにある『ふくや』って、一膳めし屋にいったことがおありで？」

「いや、覚えはないが」

「さようで、ま、これで、合点《がてん》がいきやした」

「ふくや」にあらわれた深編笠の男は、おそらく幻鬼だろうと玄蔵は思った。

「誰なんだ、駕籠かきを殺《あや》めたのは？」

朝倉が、玄蔵に訊いた。

「そいつが、まだ、はっきりとは……」

玄蔵は、幻鬼に間違いあるまいと目星をつけていたのだが、下手人として、幻鬼を額の太刀筋だけの証拠でしょっ引《び》くわけにはいかなかった。なにしろ、今や江戸市民の耳目《じもく》を一身に集めている寵児《ちょうじ》なのである。

それに、駕籠かきを殺めたのが幻鬼としても、もう一人、神田で半造の死体を運んだ深編笠の浪人者の正体がまったくつかめていないのだ。さらに、何故、これほど手のこんだ殺しをやったのか、いま一つ腑に落ちない。

「谷中の駕籠かきも同じ手にかかったとみてもいいな」

朝倉が言った。

「へい。そりゃあ、もう、間違いないと思いやす」

すでに、朝倉もまじえて昨日のうちに、二人の駕籠かきの検死は終えていた。南町奉行所の他の同心も加えて、十人近い岡っ引や下っ引が、目撃した者はいないか、付近を洗っていた。幻鬼を見たという者でも出れば、しょっ引いて口を割らせる手もあるが、今は泳がせておくより他に手はなかった。

「西尾様」

玄蔵は、隅で黙って聞いていた甚左衛門《じんざえもん》の方に顔を向けた。

「なんじゃ」

「下手人にとって、水鬼様は、邪魔なお人だという気がしやす。機会を狙って斃そうとするのではないかと……」

「かも知れぬな。その者の、狙いが何かは分からぬが、無住心剣流という天下無敵の剣を自得した者を生かしておいては、目の上の瘤《こぶ》であろうな」

「そこで、水鬼様の身を」

「守れというわけだな。……承知した。直二郎や門弟たちにも命じて、水鬼どのには、指一本ふれさせせぬ」

「もう一つ」

「まだあるか」

「へい、直二郎様が、長谷川道場から身を引いた後、嘉平様が心配でございます」

「うむ。幻鬼という男が、無住心剣流の看板を掲げたそうだな。となると、嘉平どのが邪魔になるというわけか」

「よし、嘉平どのには、西尾道場で代稽古《だいげいこ》を頼もう。ゆいどのと一緒に暮らせるであろうし、何かと都合が良かろう」

「有り難《がて》え……」

これ以上、幻鬼の思うままにやらせたくはない、というのが玄蔵の本音《ほんね》だった。ゆいもそう願っているらしく、甚左衛門の方に深く頭を下げている。

「玄蔵、あとは、一刻も早く我々の手で下手人をあげることだぞ」

言いながら、朝倉が起《た》った。

「玄蔵とやら」

続いて起った玄蔵に、甚左衛門が声をかけた。

「へい」

「直二郎に伝えてくれ。すぐ、ここに来るように、とな」

「承知いたしやした」

甚左衛門の顔は曇っていた。何か、別の心配事があるようだった。

三

直二郎は自宅の庭に、また真竹を立てた。

幻鬼が比留間右近を斃し、悪鬼のごとき形相で叫んだとき、直二郎は、暗闇を稲妻が照らしだしたように、事件の全貌が垣間《かいま》見えたような気がした。

(一連の事件を引き起こしたのは、この男に違いない)

と確信した。

そのときから、幻鬼は、剣客として決着をつけねばならない相手であると同時に、鉄槌《てっつい》を下したい狡猾《こうかつ》な殺人鬼でもあった。

(何としても、幻鬼の剣を破らねばならぬ)

直二郎は強くそう思った。

庭に立てた六尺の真竹を、幻鬼にみたてて挑んだ。

上段に構えた幻鬼の剣に対して、様々な剣技を試みたが、どうやっても打つことはできない。

幻鬼は斬り込んだ直二郎の剣を絶妙な体捌《たいさば》きではずし、上段に振り被った剣を正確に額に打ち下ろしてきた。

死しかない、と言った彦四郎の言葉が、ますます現実味を帯びて直二郎に迫ってきた。

二刻（四時間）ほど、夢中で打ち込んでいると背後で声がした。

「もし、直さん」

玄蔵である。十手で肩口を叩きながら、うかぬ顔をしている。

「玄さんか、どうした？」

手拭いで流れ落ちる汗を拭きながら、歩み寄った。

「稽古中、すまねえが、ちょいと、お話が」

「おしまさんがいる。茶でもいれてもらおう」

「いえ、その暇はねえんで。西尾様が、直さんにすぐ来るようにとの仰《おお》せでしてね。一緒に歩きながらで結構で」

「甚左衛門様か？」

「へい」

「分かった。ちょっと待ってくれ」

直二郎はそう言い置いて、縁先にもどると手にした木太刀を置いて刀を差した。しきりに汗を拭きながら、玄蔵と一緒に歩きだした。

「……どうです。勝てそうですかい？」

玄蔵が訊いた。直二郎が、幻鬼と仕合うつもりでいることを玄蔵は知っていて、そのための稽古だと承知しているのだ。

「駄目だな。このままでは、死ぬしかないな」

「なら、やめたらどうです？」

「できぬな。玄さんが、下手人を追うのを、諦《あきら》めないのと一緒だ。逃げるわけにはいかぬのだ」

「そのことですがね、直さん、あっしは、下手人は長谷川道場の幻鬼だと睨《にら》んでおりやす」

「そうか、実はな、俺も幻鬼だと思っている」

「へえ」

玄蔵は、目を大きくして、

「何か、証拠でも」

「勘だ。……それに、幻鬼が下手人と考えれば、なぜ、長谷川道場と比留間道場で果たし合いが続いたか、すべて納得《なっとく》がいく」

「どういうことで？」

「あやつが、すべて、煽《あお》っていたような気がする。それも、己が最後の勝者として残るためだ」

「なるほど、あっしもそんなことだろうとは、思っておりやした」

「だが、玄さん、半造と市之丞が殺された四ツごろ、幻鬼は、間違いなく俺と誠心《せいしん》館で仕合っていたぞ。この謎はどう解く」

直二郎が歩をとめた。

「幻鬼の仕組んだおおよその筋立ては、つかんでおりやす。まず、四ツごろ誠心館に忍びこんで、直さんと仕合う。……その時刻に直さんが、一人で道場に残って稽古をしていることを知っていたんでしょうな。それに、仕合の結果にも自信があった」

「相ヌケか……」

「勝負をつけなかったのは、直さんという、これ以上ない生き証人を残しておくためではないかと」

「まったく、小賢《こざか》しい手を使いおって」

直二郎は、怒ったように歩きだした。

「そうして、誠心館を出るとすぐ、呼び出しておいた半造と市之丞を始末する。持っていた袋撓《ふくろしない》で、眉間を一太刀というわけで。おそらく、持っているのが袋撓だけだったので油断したんでしょうな」

「うむ」

それは、直二郎にも理解できた。袋撓から、頭蓋《ずがい》を割るほど凄《すさ》まじい強打がくりだされるとは思ってもみなかったのだろう。

「玄さん、確かに、幻鬼の腕なら二人を一太刀で始末できたかも知れぬ。だが、同じ四ツごろ、何処《どこ》にどうやって呼び出したというのだ？」

「場所は、広福寺《こうふくじ》の境内《けいだい》じゃあねえかと。半造の袴の裾にわずかだが、土がついていましたんでね」

誠心館の近くに広福寺という小さな寺があった。境内《けいだい》を囲むように樫《かし》や杉の葉叢《はむら》が鬱蒼《うっそう》と茂り、陽が落ちると滅多に人も立ち入らないので、人知れず、呼び出して始末するにはもってこいの場所だと、玄蔵は睨んでいた。

「あそこなら、人目につかずに仕合うことができただろうな」

「幻鬼の方から、場所と時間を指定して、果たし合いを申し込んだものと思いやす」

「うむ。……あやつなら、それもできような」

幻鬼の剣は、あの絶妙な体捌《たいさば》きと上段からの凄まじい打ち込みだけではない。幻鬼の妖剣の神髄は、剣技と同時に人の心を操ることにもある。巧《たく》みに、相手の弱点をつき、心理的に追い込んで平常心を奪い、相手に打ち込ませるのだ。比留間道場で、幻鬼が右近を破り、絶叫したとき、直二郎は初めてそのことに気付いて震撼《しんかん》したのだ。

宗源も右近も、立ち合いに臨《のぞ》んだときから、心を乱され、どうあっても斃さねばならぬという状況に追い込まれていた。すでに、仕合う前から、幻鬼の術中にはまっていたといえる。

おそらく、半造も市之丞も幻鬼の人の心を操る術にはまり、指定された刻限に、広福寺にでかけたのであろう。

「玄さん、もう一つあるぞ。確か、一膳めし屋で、三河《みかわ》の国の出だ、というのを、長屋の住人が聞いているはずだ、あれはどうなる」

「その浪人者は、間違いなく幻鬼だと思います。水鬼どのに疑いがかかるよう、わざと、久六《きゅうろく》やお伊勢に聞かせたんじゃあねえかと」

「あやつのやりそうなことだな」

「わざわざ、中兵衛長屋の長次と喜平を生かしておいたのも、水鬼どのと繋《つな》げたかったからじゃあねえかと睨んでおります」

ここに来る前、甚左衛門の離れで、水鬼の口から、長次と喜平のことを聞いて、玄蔵は得心がいったのだ。

「……直さん」

玄蔵が足をとめて、改まった顔を直二郎にむけた。

「幻鬼が殺《や》ったってことで、おおよその筋書きは読めてます。……だが、いくつか分からねえところがありやす。その謎が解けねえことには、しょっ引いて口を割らせるってえわけにもいかねえ」

その一つが、神田に半造の死体を運んだ深編笠の浪人者が、何者なのかつかめないことだ。水鬼と猿鬼を除いて、幻鬼の周辺にそれらしい男は見当たらない。

「直さん、そこで、一つお願《ねげ》えなんだが」

「何だ？」

直二郎も足をとめた。

「直さんと勝負がしてえんで」

「俺と、勝負だと！」

直二郎は、目を大きくした。

「へい」

「どういうことだ？　熊手で、俺の相手をするというのか」

「とんでもねえ。そんなこっちゃあねえんで。……もし、あっしが、先に謎を解き、何か証拠でもつかんだら、幻鬼を捕《と》らせていただきてえんで」

「俺と幻鬼の勝負は、させぬというわけか」

「へい。直さんが、幻鬼の野郎に挑むのが先か、あっしが、捕るのが先か、勝負ってわけでして。……あっしも命がけでやる。そのかわり、直さん、勝つ見込みもたねえのに、仕合うのは、なしですぜ」

「そういうことか……」

玄蔵は、直二郎に無謀な闘いを挑むなと釘を刺しているのだ。それに、直二郎が、仕合う前に、証拠さえつかめば、勝手に捕縛させてもらいますぜ、とも言っているのだ。

玄蔵の言葉の裏には、どうあっても、直二郎と幻鬼を闘わせたくないという強い気持があるようだ。

「直さんが殺られた後、幻鬼を捕っても意味はねえ。それに、あっしも、この歳《とし》になるまで、こいつに命を賭けてきた」

玄蔵は腰の十手を抜いて、視線をむけた。

「……いいだろう、承知した」

直二郎は、ゆっくり歩きだした。父彦四郎が言うように、簡単には死なないようだ。

四

直二郎は、弥八の案内で甚左衛門の居間に通された。甚左衛門は着流しのくつろいだ恰好であらわれたが、うかぬ顔をしている。

「直か、長谷川道場の方はどうした？」

茶を運んできた奥方が去ると、すぐに訊いてきた。

「これ以上、長谷川道場にとどまる必要はないかと」

「無住心剣流がどのような剣であるか、つかんだというのか？」

甚左衛門の目が光った。

「はい」

「どのような剣じゃ？」

「無念無想から、ただ一太刀に、斬り落とす剣。相手を威圧し竦《すく》ませ、耐えられなくなって、打たんと気を起こした出鼻《でばな》をつきます。躱《かわ》すことも、払うことも念頭におかず、ただ正面から、一太刀に撃つ剣。まさに、天下無双といえるか、と」

直二郎は、水鬼が喀血《かけつ》に襲われず、あのまま一心斎との勝負を続けたら、必ずこうなっていただろうという結果を読んで話した。

「なるほど……。しかし、それほどの剣、なにゆえ、嘉平どのは遣わずに一心斎どのに敗れたのじゃ」

「嘉平どのは、無住心剣流を会得されてはおりませぬ。それに、あの剣には、欠点があるかと」

「欠点じゃと？」

「はい。無住心剣流は攻撃の剣ではございません。相手が我が身に斬りこんできて初めて威力を発揮する剣、我が身を守るための剣だと思われます」

「それが、欠点と申すか」

甚左衛門は、それでもよかろう、という顔をした。

「例えば、今、曲者《くせもの》が忍び寄り、甚左衛門様に斬りかかったといたしましょう。そのような場合でも、こちらから踏み込んで、その者を斃すことができません。あくまで、上段からの待ちの剣、我が身に斬りこんでこないことには、力の発揮しようがありませぬ」

「うむ。武士として、そばで襲われている主君を救うこともできぬというわけか」

「勝つことのみを追求した剣かと」

「勝つことはできても、武士として役に立たんということだな。なるほど、そのような剣では、どのような藩でも、家臣に勧《すす》めることはできんな」

「そのため廃《すた》れたかと。……しかし」

直二郎は、膝を進めた。

「無住心剣流、こちらから挑んで破ることはできませぬ」

「……！」

甚左衛門の顔が険《けわ》しくなった。直二郎の言わんとしていることを理解したようだ。

「直、幻鬼と仕合うつもりか？」

「はい。誠心館で撓《しない》を合わせたときから、幻鬼に挑まれております」

直二郎は、自分がこのような心理状態におかれているのも、幻鬼の人を操る術中に陥《おちい》っているからではないかという気もしたが、剣に生きる者として、眼前に立ち塞《ふさ》がっている敵から逃げだすことはできなかった。その剣に対して畏《おそ》れと恐怖を抱《いだ》いているからこそ、たち向かわねばならなかった。畏れと恐怖を払拭《ふっしょく》せずに逃げたら、かならず次の敵からも逃げる。敵に対すると同時に、己の内なる敵とも闘い続けることが剣客の宿命なのだ。

「して、勝てる見込みは？」

「ありませぬ」

「それでも仕合うつもりか」

「はい、父彦四郎は、死ぬしかないと申しましたが」

「彦四郎どのが、死ね、とな」

甚左衛門は、一点を睨んで腕を組んだ。浅黒い肌に赤みがさしている。

「幻鬼のような剣に敗れて、死にたくはありませぬ」

直二郎の偽りのない率直な気持だった。

「うむ……。直二郎、彦四郎どのの言葉には、なにやら含みがあるように思うが」

「死ぬ気であたれ、という意味かも知れませぬ」

「いや、そうではあるまい。あるいは、その言葉通り、死んでしまえということかも知れぬぞ」

「……！」

「直二郎、考えてみろ。新当流と心鏡流は、身を捨てて相手の懐に飛び込む。いわば、命を捨てるところにその極意《ごくい》がある。……一心斎どのは、長谷川道場で嘉平どのや三鬼と言われた内弟子たちが、無住心剣流を自得するために稽古を積んでいることを知って、うち破る方法を考えたはずじゃ。二人の倅《せがれ》に、命を捨てることを学ばせたは、そこに、破る方法を見出したからではないかな」

「しかし……」

その新当流も心鏡流も敗れているのだ。

「一心斎どのが、水鬼と仕合ったときは、どうであった。死んではいなかったかな」

「そういえば……」

水鬼に追いつめられたとき、一心斎の面貌《おもて》から表情が消えた。しかも、一瞬、瞼《まぶた》を閉じたのだ。

（死のうとしたのだ！）

一心斎は死ぬことで、とらわれた心を解き放ち、相手の動きに反応しようとしたのかも知れぬ。心眼を開こうとしたのだ。

（しかし……）

すでに、無念無想の境地で相手を追いつめ、かすかな反応まで見通している水鬼の剣の方がまさっていたのだろうと思う。うまくいって、相打ち、幻鬼の言った相ヌケが、精一杯のところではあるまいか。

「直二郎……」

甚左衛門は、黙りこんでいる直二郎を見て、

「わしは、その幻鬼という男に会った。おぬしに、わざわざ足を運んでもらったは、そのためじゃ」

「……」

「すでに、知っておるじゃろうが、離れに、水鬼にゆい、それに、今日のうちにも、嘉平どのに来てもらうことになっておるが、……幻鬼は、水鬼や嘉平どのの命を狙うのではないかと思っておる。わしとしても、黙って斬られるのを見ているわけにはいかぬのじゃ」

「拙者に、二人を守れと」

「いや、今、話を聞いて、幻鬼がどのような剣を遣うか、よく分かった。こちらから挑まねば、恐れる必要もないようじゃ。ゆいや嘉平どのには、わしからよく話しておこう。迂闊《うかつ》に挑発にのるな、とな」

「玄蔵にも話して、それとなく幻鬼の身辺を見張らせましょう」

「直、わしのいいたいのはな。すでに、比留間道場と長谷川道場の闘いは終わった。残るは、直と幻鬼の闘いだけじゃ。直心影流を背負って立つな、ということじゃ」

「……！」

「心おきなく、死ぬことを考えるがいい」

「はッ」

直二郎は起《た》った。

屋敷を出ると、どんより曇った空から、ひらひらと花弁のような雪が落ちてきた。町を往来する人たちは、背を丸め、追われるように足速に去って行く。凩はないが、底冷えのする春の宵《よい》だった。

直二郎は、突き刺すような目で前方を見据えながら歩いていた。その目に見えているのは、江戸の町ではない。幻鬼の妖剣だった。

五

「玄、雪だぜ」

吉助《きちすけ》が、開けた障子から首を突きだすようにして言った。

「どうりで冷えこんでると思ったぜ」

玄蔵は、熱燗《あつかん》をぐいとあおった。

「冷てえ、冷てえ……」

吉助は首をひっこめながら、トンと障子を閉めた。

二人は、以前玄蔵が朝倉に案内された霊岸島町の蕎麦屋「与市庵」の二階の座敷にいた。玄蔵が誘ったのだ。

「吉、飲めよ。身体が暖《あ》ったまるぜ」

「すまねえな」

吉助は杯《はい》を受けながら、

「で、玄よ、頼みってえのはなんでえ？」

「なあに、てえしたことじゃあねえんだが、お上《かみ》の御用じゃあねえんでな」

「ほう」

吉助が、目を大きくして玄蔵を見た。捕物以外のことで、玄蔵から頼まれることなどめったにないことなのだ。

「直さんを張って欲しい」

「直さんっていうと、いつも玄と一緒にいる、あの直二郎さんのことか？」

「そうよ」

「まさか、今度の事件の下手人というんじゃあねえだろうな」

「吉、お上の御用じゃあねえっていったはずだぜ。……直さんは、あの幻鬼と仕合うつもりでいるのよ。俺としちゃあ、やらせたくねえんだ」

「勝てねえってことかい？」

「おそらくな」

「勝てねえと分かってるのに、何故《なぜ》やるんだい？」

「それが、侍の意地ってことらしい」

「俺にゃあ、分からねえが……。で、張って、どうする？」

「長谷川道場に向かったら、俺に知らせて欲しいんだ」

「仕合をとめる気か？」

「場合によったらな……」

吉助は手酌でついで、腕を伸ばして玄蔵の杯にも満たした。二つの杯から、仄かに湯気がたっている。

「剣のためだかなんだか知らねえが、死ぬと分かっている場所へ行かせるわけにゃあいかねえんだ。……そうだろう。若え者《もん》が、年寄りより先に死んじゃあいけねえやな。それに、あの幻鬼ってえ野郎は、間違いなくこんどの殺しの下手人だ。俺の手で捕りてえ」

「……分かったぜ。そういうことなら、平吉と文治も使おう」

吉助も、玄蔵が直二郎を死んだ伊助のかわりのように思っていることを知っていた。それに、一度事件に首をつっこんだら、下手人に縄をかけるまでとことんやるのが、玄蔵なのだ。剣術の仕合などで決着をつけたくないのであろう。

「すまねえな」

玄蔵は徳利を耳のあたりで振って、

「おい、女将《おかみ》さん、熱いのを頼むでえ」と階下に声をかけた。

熱燗《あつかん》で三本ほど飲み、蕎麦《そば》を手繰《たぐ》ってから、「与市庵」を出た。吉助とは店の前で別れた。

武家屋敷の続く町並みは、夕闇につつまれていた。暗い夜空から、横なぐりの雪が、怒ったように降りしきっている。

玄蔵は、小さな髷《まげ》や肩口を雪で濡《ぬ》らしながら、長谷川道場の前で、門弟の出てくるのを待った。

四半刻《しはんとき》（三十分）ほど待つと、稽古が終わったらしく、剣袋を手にした門弟たちが、ぞろぞろと門から出てきた。以前より門弟の数が増えたらしく、だいぶ賑《にぎ》やかだ。

門弟の中に、顔を知った年配の侍を見つけると跡を尾《つ》けた。以前、比留間道場の門弟に襲われたのを助けたことがある、確か、刀を抜いた侍だ。

門弟たちの集団がばらけたのを見計らって、

「おや、あんときの」

玄蔵はすれ違いざま声をかけて、足をとめた。

「おお、おぬし、あのときの、確か、細引の……なんと申したかな？」

「玄蔵で」

「そう、そう、玄蔵と申したな」

「いや、てえしたもんですねえ」

歩調を合わせながら、玄蔵は巧みに話のなかにひきこんだ。

「幻鬼ってえお方は、てえした評判ですねえ。江戸随一、いや、天下一の遣い手だろうってもっぱらの噂ですぜ」

「ああ、噂通りにお強い。あれほど敵対していた比留間道場の門弟も、頭を下げてぞくぞく入門してきておる。今に、江戸随一の道場になるぞ。拙者たちも鼻が高いというものよ」

「なんでしょうね。あれほどの腕になるには、ずいぶんと稽古もなさったんでしょうね」

「それは、もう、並大抵の修行ではなかったろうよ」

雪はいくらか、小降りになってきていた。濡れる心配がなくなって、侍の歩調がいくぶん遅くなった。玄蔵は相手の足にあわせた。

「確か、長谷川道場の三鬼とかいって、ほかにも、強いお方が？」

「猿鬼どのと水鬼どののことか」

「へい」

「残念だが、猿鬼どのは敗れ、水鬼どのは病《やまい》で伏しておる」

「するってえと、幻鬼様と肩を並べるようなお方は？」

「いないなあ」

「道場で特に親しくしているお方は？」

玄蔵は、谷中か神田のどちらか、駕籠に付き添って死体を運んだ男がいるはずだと睨んでいた。そいつを割り出して、幻鬼の名をださせればしょっ引けるのだ。

「いないな。拙者は、門弟としては古株のほうだがな。道場主の嘉平様以外、親しくしている方はいないようだぞ」

その嘉平が、今は邪魔な存在のはずだった。嘉平に、殺しの片棒を担《かつ》がせるようなことは絶対にない。

「いつか、伝通院の近くの水茶屋の話をしてましたが、それほどの剣の達人でも、こっちの方は、お好きのようで？」

玄蔵は、嗤《わら》いながら小指を立てて見せた。

「はははっ、いかに、強くても、神、仏ではないぞ。生身《なまみ》の男だからな」

「そりゃあ、そうでしょうな」

玄蔵はおかねを思いだした。色の浅黒い、情の探そうな女だった。

（だが、おかねでは無理だ）

女では、二人の駕籠かきを一太刀で斬り殺すことも、神田の聖武館に死体を運びこむこともできない。

歩きながら、それとなく幻鬼の周辺の男を訊きだしたが、どうも、それらしい人物はいないようだった。幻鬼という男は、己の腕に絶対の自信を持ち、めったなことでは他人に心を開かないらしい。

玄蔵は侍と別れると、雪のなかを伊蔵と政五郎のいた長屋にいってみた。駕籠かきの方から、手繰《たぐ》れないかと思ったのだ。

まず、伊蔵の隣家の女房をつかまえて、浪人ふうの侍が訪ねてこなかったか訊いてみた。

「あんなやつのところに、侍なんて、来るもんかね」

部屋で子供が泣いているのに気がたっているのだろう、怒ったようにつっけんどんだった。

四、五軒まわって、伊蔵と政五郎が、浪人と接触しなかったか、訊いたが、それらしい話を聞けなかった。

諦めて木戸を出ようとしたときに、以前話を聞いた乱杭歯《らんぐいば》の老人が入ってくるのとすれ違った。

「おい、爺さん」

「お、親分さん……」

寒いらしく、身を縮みこませて小さく足踏みしている。

「歩きながらでいいぜ。ちょっと、話を聞かせてくんな」

玄蔵は、浪人者のことを訊いてみたが、老人は、知らねえ、と首を横に振った。

「確か、この前《めえ》訊いたとき、五両酒代がはいるとか、景気のいい話をしてたといったな」

「へえ」

「どこで聞いた？」

「伊蔵の野郎の家《うち》でよ。政五郎の野郎と昼間っから飲んでやがったんだ」

「ほかには何かいってなかったかい？」

「女のことを、得意げに喋《しゃべ》ってたな」

「女か……」

女では無理なのだ。

「どうせ、夜鷹《よたか》でもくわえこんだ話よ。色は黒《くれ》えが味はよかったなんて、生意気なことをぬかしてやがったが」

「なに！」

そのとき、突然玄蔵の頭の中を貫くものがあった。様々な疑念が、数珠玉《じゅずだま》に糸を通したようにいっぺんに繋がって輪になったのだ。

（おかねだ！）

朝倉や宗源の顔と重なって、一瞬、女の顔がうかんだ。市之丞の死体を検分にいったとき、見物人の中に夜鷹らしい女が、手拭いで顔を隠すようにして見ていた。

(あいつが、おかねだったのだ)

女でもできる。いや、女だからこそできることもあるのだ。

おかねは、自分の肉体《からだ》をつかって、神田で市之丞の死体を始末して幻鬼が駆けつけるまでの間、伊蔵と政五郎をあの谷中の灌木の中にとどめておいたのだ。

おそらく、あのときも夜鷹の装《なり》をして、その後の様子を見にきていたに違いない。

「爺さん、暇をとらせたな」

言いおいて、玄蔵は駆けだした。

おかねに口を割らせれば、幻鬼を捕縛できるのだ。

六

また、雪が降ってきた。夕刻になって少し冷えてきたらしい。横なぐりの細かい雪の中を玄蔵は駆けた。

直二郎が仕合うより先に幻鬼を捕れる、その思いが玄蔵の気持を昂《たか》ぶらせていた。

おかねのいる水茶屋「笹のや」の前が、いつになく騒がしかった。使用人や二、三人の女が蒼ざめた顔で飛びだしていくのが見えた。

「ど、どうしたい？」

白い息を吐きながら、玄蔵は女の一人をつかまえて訊いた。乱れた髪が痩せた頬にはりつき、目だけ異様に光らせていた。

まだ顔に幼さの残っている女は、怯《おび》えたように首を横に振るだけで口を開こうとしなかった。性癖《たち》のよくないやくざ者にでもつかまったと勘違いされたようだ。

「心配《しんぺい》するねえ。御用の筋だ」

玄蔵は十手をとりだした。

「お、おかねさんが」

女は震え声で言った。

「おかねがどうした！」

「殺されてるの。そこの天水桶の陰で」

「なに！」

玄蔵はそれだけ聞くと、急いで店の脇にまわった。

脇は簡単な庭になっていて、松やさつきなどの植込みがあり、その外側に黒板塀がめぐらせてある。塀の前に天水桶があり、その陰に人だかりがしていた。

「ちょいと、ごめんよ」

玄蔵は十手を出して、人を分けた。

輪の中に、女が倒れていた。顔を覗《のぞ》きこむと、間違いなくおかねだ。

目を閉じた顔は闇の中でどす黒く見え、すでに、こと切れていることは一目で見てとれた。凶器は、匕首《あいくち》か刀か、着物の襟《えり》から胸にかけて、べっとりと朱に染まっている。

雪が、乱れた着物や死顔の上にうっすらと降り積もっている。

(先手を打たれちまったぜ!)

と玄蔵は思った。間違いなく口封じだった。

「どういうこってい?」

玄蔵はいまいましそうに言った。

「親分さん、お手数をおかけして申しわけありません」

この店の主人らしい、五十年配の男が前に進み出た。樽《たる》のように肥えて、脂《あぶら》ぎった肌をしている。

「挨拶《あいさつ》はいい。いってい、何があった?」

「はい、何者かに呼び出されて、あっという間に刺されたようで」

「呼び出したのは、誰でい?」

「それが、かいもく……」

男は、鼻の頭に汗をかいていた。それを手の甲で、せわしそうに拭った。

「分からねえのか？」

「はい、誰も気付かなかったそうです。使用人の松蔵が偶然通りかかって、はじめて天水桶の陰で死んでるのを発見《みつけ》たような始末でして」

「うむ……」

おそらく、胸を一刺しに殺《あや》めておいて、人目に触れぬよう天水桶の陰に引きずりこんだのだろう。間違いなく、幻鬼の仕業《しわざ》だ。おかねの口から、犯行が漏れることを恐れたのだ。

（チクショウメ！）

やっと摑んだ証拠の綱を、手元からぷっつりと断ち切られてしまったことになる。おかねが殺されたことで、幻鬼の疑いはますます濃いものにはなったが、追及する手立てがない。

「おかねと親しかったのは？」

そばに立っている主人に訊いた。

「お峰でしょうか」

背後の女たちを振り返りながら言った。

瘦せて、病みあがりのような肌に艶のない女が、おずおずと進み出た。怯えたような目で玄蔵を見ている。

「今日のおかねの客は？」

「富さん、ですけど」

主人に訊くと、小石川にある薬種問屋の主人で、富造という六十を越えた男だという。

「そいつじゃあねえ。最近、江戸で評判になっている長谷川道場の幻鬼ってえ、侍だ。おかねの馴染《なじ》みの客だったはずだが、姿を見かけなかったかい？」

「はい、その人なら知ってます。おかねさんからときどき話を聞きましたから」

「どんな話をしてた？」

「最近顔を見せないし、急に冷たくなったって。……おかねさん、あの男に惚《ほ》れてたんですよう」

「………」

惚れた弱みで、幻鬼の言いなりになって、伊蔵や政五郎を谷中に引き止める役を承知したのかも知れない。

「それで、最近見たのは？」

「ここんとこ、しばらく見てませんが……」

女は、寒そうに両肩を小刻《こきざ》みに震わせていた。他の女たちも、袖で口許《くちもと》をおさえたり、肩口の雪を叩いたりしながら、店に戻りたい素振りを見せていたが、玄蔵はかまわずに訊いた。

「もう半月ほどになるが、俺はおかねにこの店で会ってるんだが、そのことを知ってるかい？」

「はい、確か、おかねさんが、御用の筋の方が来たといってました」

「その、二日ほど前だが、幻鬼がおかねのところに来たはずだ」

「ええ、知ってます。どうしても用事があるからと、早く帰った日です」

「早く帰《けえ》った！」

お峰に向けられた玄蔵の目が光った。

「そのお侍が帰られて、一刻ほどしたら急に、用事を思いだしたからとか言って、ひどく慌てて店をでました」

「……！」

駕籠かきの伊蔵と政五郎を連れて、広福寺に行ったのだ。

そこで、誠心館から戻って半造と市之丞を斃した幻鬼と会い、市之丞だけを駕籠に乗せて、谷中に向かう。谷中の叢《くさむら》で夜鷹のように、二人の駕籠かきに体を与えて引きとめ、幻鬼が半造を始末してくるのを待ったのだ。

（これで、筋は通るが……）

しかし、証拠と言えるのは、殺された二人の額の疵とおかねがその時間に店を出てるという証言だけだ。

後は、谷中周辺を洗って、おかねと駕籠かきを見た者を探すだけだが、真夜中のことだけに、あまり期待できそうにない。

（あいつを白状《おと》すには、ちょいと、駒不足だが……）

もし、谷中周辺を洗っても、幻鬼の犯行を裏付けるような証拠が出なかったら、これで幻鬼を捕《と》ろう、と玄蔵は肚《はら》を決めた。何としても、直二郎が仕合うより早く幻鬼に縄をかけたいのだ。

（後は、朝倉の旦那の腕に任せりゃあいい）

こいつが、下手人に間違いないと睨んだ相手なら、人が変わったように残忍になり、どんな手を使ってでも責め白状《おと》すのが、朝倉なのだ。

「近くの番屋に知らせてくんな」

玄蔵はそう言うと、眠ったような表情の上にうっすらと雪の積もったおかねの死顔を一瞥《いちべつ》してから、そこを離れた。

第八章　死人《しびと》の剣

一

降りしきる雪が、直二郎《なおじろう》の肩口を濡らしていた。

直二郎は、木太刀《きだち》を青眼《せいがん》に構えたまま、凝《じ》っと雪の中に双眸《そうぼう》を瞠《みひら》いていた。直二郎の体は微動だにしないが、面前で白い息だけが弾《はず》むように躍《おど》っている。

さっきからずっと、直二郎は心の内の幻鬼《げんき》と対峙《たいじ》したままでいた。

幻鬼の上段に対して、どうしても打ち込むことができない。打ち込めば、直二郎の太刀は躱《かわ》され、踏み込んだ眉間《みけん》に、幻鬼の太刀は確実に振りおろされるはずだ。

父彦四郎の言う、死ね、とは、闘気を消し、気配を断つことではないかと思ったが、それでは、こちらから打つことはできないのだ。

四半刻《しはんとき》（三十分）、まるで足から根が生《は》えたように直二郎は動かなかった。

しばらくして、縁先《えんさき》の障子《しょうじ》が開き、灯明《あかり》が洩《も》れた。父彦四郎が、顔を出したが、とくに声をかけるでもなく、ただ黙って見つめているだけだった。

雪が小降りになり、やがてやんだ。

（勝てぬ！）

そう思った瞬間、直二郎は、堪《こら》えに堪えていたものを一気に吐き出すように、ウオオオッ！　という咆哮《ほうこう》のような気合と同時に飛び込み、袈裟《けさ》がけに打ち下ろした。

ガンという音をたてて、立ててあった真竹《またけ》が二間《けん》ほどはね飛んだ。

（駄目だ！）

竹は打てたが、対峙していた幻鬼には、確実に打たれていたことを直二郎は感じていた。茫然《ぼうぜん》と佇《た》ったままでいる直二郎の背後で、障子の閉まる音がし、庭先にこぼれた灯明が細くなって、消えた。父彦四郎は、また家にひきこもったようだ。

その夜遅く、直二郎は光明を見出せぬまま床《とこ》についたが、眠れなかった。暗闇の中で、天井を睨《にら》んだまま悶々と夜を過ごした。

翌朝、また、木太刀をつかんで、直二郎は庭に立った。

濡れた黒土から、白い靄《もや》がたっている。今日は晴れるらしく、大気の中に刺すような朝の冷たさがある。

直二郎の頬はこけ、生気を失った肌は浅黒く乾いていたが、双眸《そうぼう》は虎狼《ころう》のようにらんらんとした光を帯びていた。

全身汗ばむまで素振《すぶ》りをくれた後、また青眼《せいがん》に構えた。ここ何日か、眠れぬ夜が続いたせいか、全身綿のように疲れていたが意識は研《と》ぎ澄まされた刃先のように覚醒《かくせい》している。

直二郎は、息を消し想念を払って、心を鎮《しず》めた。死人《しびと》になりきろうと念《おも》った。どのくらい時が経ったのだろうか。すぐ脇を、カサッ、カサッと小さな音をさせて近づいてくるものがある。猫か、犬のようだ。

直二郎は、体も動かさず、気も発せず、無念無想の境地になりきっていた。ただ、不思議なことに、小獣の近づいてくる気配だけは全身ではっきりと感じとれていた。

二間ほど離れたところにある南天《なんてん》の下を、黒猫が、そろりそろりとやってきた。まるで、直二郎の存在など眼中にないようだ。

直二郎の目が、一歩一歩近づいてくる猫の足だけをとらえていた。ふいに、その足が止まった。別の人間の気配を感じとったのだ。

……くる！

猫が跳ぶのより迅《はや》く、直二郎は踏み込んで、正面で対峙していた幻鬼の胴を払っていた。

カッ！　という乾いた音を立てて、真竹が飛んだ。

黒猫が矢のような勢いで生垣を突き抜けて逃げたのは、直二郎が残心《ざんしん》の体勢に移ったときだった。

(死人になれた！)

一瞬だが、死人のまま相手の心の動きが読めた。機先を制して打つことができたのだ。かすかだが、光明が見えた気がした。直二郎の心を覆《おお》っていた暗雲が晴れた。

相手が打突《だとつ》の気をはなった瞬間に打つ。こちらが、後《ご》の先《せん》をとるより、幻鬼の絶妙な体捌《たいさば》きを防ぐ方法はないと思っていたのだが、今、それが、できたのだ。猫が相手であれ、闘気を殺した死人のまま、相手の動きを読み、打ち込むことができたのだ。

「直二郎、朝餉《あさげ》にせぬかな」

開いた障子から顔をつきだして、彦四郎が声をかけた。さっき、猫が人の気配を感じたのは彦四郎だったのだ。

「父上、もう少し」

直二郎は、青眼からの胴打ちをもう少し、迅いものにしたかった。

相手は、猫ではない。上段から打ってくるはずだった。あとは迅さだけの勝負になる。

「めしを食わねば、本物の死人になってしまうがな……」

ぶつぶつ言いながら、彦四郎は障子を閉めた。

それから、半刻ほど後、おしまが用意してくれた食膳にむかった。いつもと変わらぬ香《こう》の物と大根汁、それに粥《かゆ》だけの簡単なものだった。

直二郎が箸《はし》をとったとき、

「直二郎、久し振りに酒でも飲むか」

彦四郎が、いつもと変わらぬ穏やかな顔で言った。

「……………」

心を残さぬように、別れの挨拶《あいさつ》をしておけ、と言っているのだ。

「頂きまする」

直二郎は箸を置く。すぐに、彦四郎は自分で起《た》って、台所から徳利と小皿を持ってきた。

「いい顔をしておる。死人になれて、生き返ったか」

そう言いながら、彦四郎はぐいと酒を干した。

「しかし、まだ、猫を打ったまでのこと」

「猫も人も同じことよ。大きな猫と思えばいい。……もっとも、あの幻鬼という男、化け猫だがな」

彦四郎は、自分の小皿に酒をつぎながら満足そうな顔をした。

直二郎は家を出るとそのままの足で、誠心《せいしん》館に向かった。無念無想からの打ちこみを確かなものにしたかったのだ。

甚左衛門の許しを待て、直二郎は三日間道場に籠《こ》もった。閉めきった道場内で一点を見つめたまま、直二郎は死人になりきるために、ただ立っていた。

四日目の朝、直二郎は木太刀の入った剣袋を携えて、誠心館を出た。髪は乱れ、不精髭《ぶしょうひげ》は伸び放題。三日間、ゆいが運んでくれた粥《かゆ》をわずかに食しただけだったので、病人のように頬がこけていた。眼だけが異様な光を帯びているその顔貌《かお》は、物の怪《け》に憑《つ》かれたように見えた。

直二郎は、幻鬼に勝つ自信ができたわけではない。死人同士の勝負は、五分五分であろうと思っていた。ただ、直二郎の心の中で勝負への拘泥《こだわり》と恐怖は消えていた。死人になることで、死ぬことへの恐怖を克服したともいえた。直二郎の心の内は澄んでいた。後は、運だけだろうと思っていた。

一町ほど歩いたとき、誠心館の前からずっと跡を尾《つ》けてきた吉助が、路地をまがって駆けだした。玄蔵に知らせに走ったのだが、直二郎は気づかなかった。

直二郎はいったん家にもどり、父彦四郎にもう一度別れの挨拶をしてから、長谷川道場に向かうつもりだったが、家を囲った竹垣の前まできて気が変わった。すでに、四日前、父との別れは済んでいる、そう思い、父がいるであろう母屋《おもや》に向かって頭を下げただけで、踵《きびす》を返した。

長谷川道場に向かう路の半町ほど先に、子供たちが何人かたむろしているのが見えた。文太と助六。それに手習い塾に通ってくる男の子が三、四人、つっ立ってこっちを見ていたが、直二郎に気づくと歓声をあげた。

「若師匠だ！」

文太を先頭に、転げるように駆け寄ってきた。どの子も乾いた肌を寒そうに縮ませているが、口許《くちもと》で白い息が生き物のように弾んでいる。

「ブンか……」

直二郎は歩をとめなかった。

「……！」

子供たちは、直二郎の異様な風体に言葉を失っていた。

それでも、直二郎の背が五、六間遠ざかったとき、

「ど、どこへ行くんでえ」と文太が、喉を詰まらせながら訊いた。

「どこでもいい。ついてくるな」

歩をとめず直二郎は応えた。幻鬼との勝負を子供たちに見せたくはなかった。どっちが勝つにしろ、凄絶《せいぜつ》な闘いは子供たちの無垢《むく》な心に濃い影を刻むはずだった。ど

文太は、突き放すような直二郎の態度とその声の低さに、ただならぬものを感じとり、その場に立ちつくしていた。

二

長谷川道場には、五、六人の若い門弟が残っていただけだった。直二郎がはじめに幻鬼のことを訊いた門弟の顔もある。

直二郎が入って行くと、雑談をやめて親しそうに寄ってきたが、その異様な風体《ふうてい》に色を失った。

「幻鬼どのは、おられるか」

「幻鬼先生は、御屋敷の方に……」

いつの間にか、呼びかたが、先生になっている。

「毬谷《まりたに》直二郎が来たと、伝えていただきたい」

「承知した……」

蒼ざめた顔で、一人が奥に駆け込んだ。

道場と住居にしている屋敷は、廊下でつながっている。長谷川嘉平もゆいもいない今、側妾《そばめ》を引きこんでいるとは聞いていたが、幻鬼一人の住まいになっていた。

すぐに、門弟の後に続いて幻鬼が姿をあらわした。

蓬髪《ほうはつ》をおろし、髷《まげ》を結《ゆ》っている。小袖に角帯だけのくつろいだ恰好だが、見違えるほどこざっぱりしていた。

「幻鬼どのとは、思えぬな」

直二郎は表情も変えずに言った。

「こうやって剣術指南の看板をたてたからには、いつまでも、兵法者の装《なり》をしているわけにもいかぬのでな」

言いながらも、直二郎を見る目に警戒の色がういた。異様なその外観から、短期間にどれだけの修行を積んできたか瞬時に見てとったようだ。

「なるほど。長谷川道場の主におさまったというわけか」

「強い者が勝つ。当然のことよ」

「おぬしと、二人だけで内密の話をしたいのだがな」

直二郎は、仕合う前に聞いておきたいことがあった。門弟たちがいては、口を割らないだろうと思ったのだ。

「ほう、内密の話とな。……おぬしたち、聞いてのとおりだ。席をはずせ」

怪訝《けげん》な顔をしたが、若い門弟たちはすぐに道場を出た。

二人だけになると、直二郎が、

「無住《むじゅう》心剣《しんけん》流、常陸《ひたち》幻鬼どのに一手所望したい」

「はて、おぬしとの勝負すでに済んでおるが」

「相ヌケなどと、もっともらしいことを言ったが、あれは、あの夜四ツに、俺と仕合っていたことを証言させたいがため。……勝負は、預けられたと思っている」

「何のことかな」

幻鬼は口許に、薄い嗤《わら》いをうかべた。

「比留間《ひるま》半造《はんぞう》と市之丞《いちのじょう》を、果たし合いに見せかけて殺し、水鬼《すいき》や猿鬼《えんき》の仕業《しわざ》に見せんがためよ」

「異《い》なことを申すな。なぜ、俺が、半造や市之丞を殺さねばならぬ。……二人は、仕合って敗れたのよ」

「半造と市之丞を水鬼と猿鬼の仕業に見せて殺したのは、長谷川道場と比留間道場を闘わせたいがためであろう」

「何故、我らが、比留間道場と闘わねばならぬ」

二人は、およそ三間の距離をおいて向かい合っていた。幻鬼の顔には、挑発的な嗤いがういている。

「……もともと長谷川道場は、比留間道場と肩を並べていた江戸でも屈指の大道場であったが、嘉平どのが一心斎どのとの仕合に敗れたため、零落した。……無住心剣流という無敵の剣を我がものとしたおぬしは、なんとか、比留間道場を越える大道場として跡を継ぎたいと考えたに相違ない。そこで、比留間道場の主だった者を次々と斃《たお》していったのだ。邪魔者を消すと同時に、長谷川道場の名も世間に知れわたるというわけよ」

「しかしな、水鬼と猿鬼がおるぞ。二人とも、俺に劣らぬ腕、誰が、この長谷川道場を継ぐか分かるまいが」

ゆっくりと幻鬼は、木太刀や撓《しない》の掛かった板壁のほうに歩を進めた。

直二郎は動かない。

「それよ。おぬしの狙いは、比留間道場を斃すと同時に水鬼と猿鬼を始末することにもあった。そこで、心鏡流の宗源どのや新当流の象山どのをかみあわせたわけだ。半造の死体を新当流の道場内に運び、市之丞に草鎌を持たせたのは、道場主である二人をひきこまんがためよ。当然、江戸五流との闘いを開始した猿鬼や水鬼は、真剣で立ち合わねばならなくなる。……どちらが、勝ってもおぬしの思う壺だ。一つの果たし合いが終わるごとに、邪魔者が一人ずつ消えてゆき、江戸中の話題をさらい、長谷川道場の名声は、いやでもあがる。……それに、猿鬼の腕では、宗源《そうげん》や象山《しょうざん》は斃せても、右近には勝てぬことが分かっていたろうし、水鬼が労咳《ろうがい》を患っていたことも知っていた。おそらく、最後に残るのは、右近か水鬼のどちらかと読んでいたのだろう。右近なら皆の前でうち斃し、もし、水鬼であれば、寝首を掻いたかも知れぬな。……おぬしにすれば、どのような方法であれ、最後に勝ち残った者を、始末すればよかったわけだよ。そのためにそれぞれの駒を巧みに操った。……一心斎が、加わったのは、予想外だったかも知れぬが、結果は上々だった」

「なるほど。うまく繋げおったな」

幻鬼は、壁の木太刀を把《と》った。二尺ほど、定寸《じょうすん》より短い幻鬼愛用のものである。それを右手で握り、素振りをくれながら、直二郎の前にもどった。さっきまでの嗤《わら》いが、顔から拭うように消えていた。双眸が冷たい光をおび、全身に殺気が漲《みなぎ》っている。

「それにしても、面倒なことをしたものよのう。そこまでしなくとも、俺は、象山にも、右近にも、勝てるぞ」

「さあ、それはどうかな」

「俺の腕は、おぬしが一番知っておろうが」

「おぬしの剣は、無住心剣流の奥義《おうぎ》を自得したものではない。いわば、我流の妖剣。欠点がある」

「欠点とな」

「さよう。例えば、獲物のかかるのを待つ、蜘蛛《くも》の巣のごとき剣よ。飛んで来て、巣にかかってくれなければ、どうにもならぬ待ちの剣。……が、恐ろしいことに、おぬしは、ただ待っているのではなく、獲物を巣の中に追い込むのよ」

「ほう」

幻鬼は、直二郎の面前で、びゅう、びゅう、と木太刀を振った。首筋からのぼった血が赤黒く顔面を染め、悪鬼のような形相に変貌してきた。

「相手の心を操るも兵法のうちというが、激情に駆られて、打ちこまざるを得ない状態に相手の心を追い込むのよ。……半造と市之丞を殺した真の狙いも、そこにあったとみている。すでに、そのときから、おぬしと比留間一門との闘いは始まっていたのだ。半造と市之丞の殺しは、おぬしが仕掛けた初太刀だと思っている。宗源も右近も、その初太刀をあびて、逆上し、巣の中に飛び込んでしまったのだ」

「さすが、毬谷直二郎、よく読んだな。……だが」

幻鬼は、直二郎の目線に、ぐいと切っ先を伸ばし、

「おぬし、肝心なことを忘れておるようだな。おぬしと、仕合っていた俺には、同

じ刻限に谷中と神田で仕合うことはできまいが。……俺は、鬼でも天狗でもないぞ」

細い目で睨《ね》めつけた。

「その謎は、玄蔵という岡っ引が解いた」

直二郎は、誠心館近くで二人を殺し、それぞれ別の駕籠《かご》で谷中と神田に運ばせたことを話した。

「駕籠を使ったというのか」

「口封じのため、四人の駕籠かきも斬って捨てた。目的のためには、手段を選ばぬ。むごい男よ」

「その駕籠かきだが、確かに、二人の死体を運んだという証拠でもあるのか」

「残念ながら、証拠はない」

「どうも、勝手な思いこみが多いようだな。俺の名声を妬《ねた》んで、罠《わな》に嵌《は》めようという魂胆《こんたん》か」

「なに！」

「それとも、仕合に臨《のぞ》んで、俺の気持を錯乱《さくらん》させんがための謀《はか》りごとか」

幻鬼の赤い顔に、また揶揄《やゆ》したような嗤いがういた。

「うぬ！」

怒りに、直二郎の顔が紅潮した。

「そのような卑怯《ひきょう》な策をとらねば、この俺に勝てぬか、直二郎！」

言うやいなや、幻鬼はぱっと三尺ほど背後に跳んで上段に構えた。両眼がさらに細くなり、上気した赤ら顔から見る見る血の気が引いていく。自己催眠により、無念無想の境に導こうとしているのだ。

直二郎も、すぐに青眼に構えて応じた。

そのとき、

「その勝負、待った！」

道場の入口で声がした。玄蔵である。玄蔵は駆け寄って、対峙した二人の間に割って入った。

三

「直さん、カッとしたら負けますぜ。それが、そいつの手じゃあねえんですかい」

玄蔵は、朱房の十手で肩口を叩きながら、直二郎と幻鬼を交互に見た。

「玄さん、どうしてここへ？」

直二郎が訊いた。

「吉助が、連絡《つな》いでくれましてね。それに、尻尾《しっぽ》をつかんだら先に捕《と》らせてもらう約束でしたぜ」

玄蔵は、刺すような目を幻鬼に向けて、

「谷中で、伊蔵と政五郎の死体を見つけましたぜ」

「そんな男は知らんぞ」

幻鬼は構えた木太刀を下ろして、かすかに舌打ちした。網の前まで追い込んだ獲物に逃げられたという思いなのか、悔しげな表情がういている。

「ともに、眉間を一太刀、今までの疵《きず》と同じものでしてね」

「俺が殺ったと言うのか」

「へい。間違いねえと……」

「俺が、いつ殺ったというのだ？」

「おそらく、半造様や市之丞様を殺ったのと同じ夜の、四ツ半過ぎではないかと」

「おかしいではないか。人の噂に、四ツ半ごろ神田の聖武館の近くで、駕籠を先導した深編笠の男を見たという火の番がいると聞いておるぞ。……ならば、神田の方は別人ということになるではないか」

「いえ、神田も谷中も、あんたの仕業で」

「玄蔵、俺の体は一つだ。ほぼ、同時刻に別の場所に行くことはできまいが」

幻鬼は、苛立《いらだ》ったように言葉を荒くした。

「それが二つ目の謎でしたが、やっと解けましたよ。『笹のや』のおかねを使ったんです」

玄蔵は、おかねが駕籠を先導し谷中に出向いたこと、幻鬼が来るまで、二人の駕籠かきを女体でつってひき止めておいたことを話した。

「おかねがそう言ったのか」

「おかねは喋《しゃべ》れねえ。一足違いで殺られちまった。てめえに、な」

「死人に口なしってわけか。お縄にしたくとも、俺が殺ったという証拠はどこにもあるまい」

背の低い玄蔵の体を睨めながら、幻鬼はゆっくりと、後ずさった。

「冗談じゃあねえ。てめえみてえな悪党の思いのままに動いたんじゃあ、十手捕《じゅってと》縄《り》が泣かあな。『笹のや』の女が、あの夜、おかねがその時間に店を出たと話し《なわ》、駕籠と一緒に歩いてるのを、夜遊び帰りの中間《ちゅうげん》が目にしてらあ」

玄蔵は、ここ四日ほど谷中周辺を聞きまわって、やっとその中間を探しだしたのだ。

「よく、見破ったたな、褒《ほ》めてやる」

幻鬼は、木太刀や撓《しない》の掛けてある板壁の前までさがった。

「水鬼や猿鬼の仕業と見せるために、同じ疵を眉間に残した。それが、てめえの命取りにもなったってわけよ」

「それで、玄蔵、俺をどうする気だ」

「知れたことよ、どうあっても俺が縄をかける。……侍同士の果たし合いで死ぬのは、かまわねえが、罪もねえ駕籠かきや女まで殺しゃあがって、勘弁できねえ」

玄蔵は、熊手縄を腰からはずして、細引を解《ほど》いた。

「その腕でか」

幻鬼は、木太刀を上段に振り被った。板壁を背にしたのは、二人の敵に対して背後からの攻撃を避けるためであったようだ。

「やってみなけりゃあ、わかるめえ」

連絡を受けた玄蔵は、そのまま吉助を朝倉の許に走らせていた。今頃、朝倉が捕方を集めて、長谷川道場に向かっているはずだった。

(朝倉の旦那が来るまで……)

何とか持ちこたえようと、玄蔵は思ったのだ。

上段に構えた幻鬼と玄蔵の間に、直二郎が進み出た。

「玄さん、ここに来たのは、俺が先だったぜ」

「直さん、勝てる算段はついたのかい」

玄蔵は心配そうな顔を向けた。

「俺なりに工夫はついた。後はやってみるだけだ。……それに、こいつは、玄さんの敵《かな》う相手じゃあない」

「そいつは分かっておりやすが……」

「やらせてくれ、玄さん、どうあっても、こいつとだけは決着をつけたい」

「……！」

直二郎の風貌もさることながら、妙に落ち着いた目の色に、玄蔵はただならぬものを感じて、構えた十手をさげた。

（死ぬことさえ、怖《こわ》がってねえ……！）

玄蔵は二、三歩後ずさった。

「直二郎、来い！」

幻鬼が怒鳴った。顔が怒張《どちょう》している。

「玄さん、さがれ！」

直二郎の言葉に、玄蔵は弾かれたように背後に跳んだ。

拳が額にくる上段に構えた幻鬼の顔から、拭ったように表情が消えていく。野辺《のべ》の石仏のように目を細め、半睡状態から無念無想の境地にはいっていくのだ。

直二郎は、やや切っ先を下げた青眼《せいがん》に構え、相手の帯に目をつけた。

通常青眼の構えの場合、相手の目か上段に振り被った拳、あるいは、身体全体に目を配ることで相手の動きを察知する。

が、直二郎は、ただ一点、幻鬼の帯だけを見ていた。帯は、猫の足だった。足を見ることで、体が動く前の気の動きを感知しようとしたのだ。

また、帯を凝視《みつめ》ることは死ぬことでもあった。

この場合の死とは、相手の剣も、構えも、その存在さえも意識せぬことであった。完全なる没我《ぼつが》の状態に己をおくことであった。直二郎にとって、ただ、相手の気の動きだけを感知し、反応することだけがすべてであった。

二人は対峙したまま、塑像《そぞう》のように動かなくなった。玄蔵も息を呑んで、凝《じ》っとしている。道場内は、静寂に包まれ、まるで動くものがない。

闘気も気配も消した死人同士の無言の闘いであった。

何もかも動きをとめていた。静かだった。

その静寂の中で、玄蔵の吐くかすかな息の音だけが時を刻んでいた。

まず、動いたのは幻鬼だった。

半睡の状態で、その視野の中に直二郎の全身をとらえていた幻鬼が、仕掛けてきた。

石仏のような穏やかな表情のまま、じりっ、じりっと足だけが別の生き物のように寄ってきた。巣のそばで動こうとしない獲物に、業《ごう》を煮《に》やして近寄ってくる蜘蛛に似ていた。動くことで、直二郎の視線を動かし、闘いの中に覚醒《かくせい》させようとしているのだ。

だが、直二郎は死んでいた。

体も、視線も微動だにしない。

幻鬼は、すでに一足一刀の間境《まざかい》を越えていた。上段からそのまま振り下ろせば届く距離にきていた。

幻鬼の動きがとまった。

両者から発する殺気はなく、穏やかな表情のまま静かに対峙していた。

武者窓から風が吹きこんでいた。直二郎は、頰を撫ぜる寒風もまるで意識してなかったが、ひときわ強い風が、幻鬼のほつれ毛を頰に流した、その刹那《せつな》、亀裂のように殺気が走った。

……くる！

感知すると同時に、直二郎は前に跳んだ。

一瞬、幻鬼の顔が割れたように豹変《ひょうへん》し、まさに悪鬼のごとき形相《ぎょうそう》で、上段から凄まじい一打が振り下ろされた。

テエエイッ！

が、打《だ》の起こりに反応した直二郎の動きの方が、一瞬迅《はや》かった。胴を薙《な》いだ直二郎の木太刀が、幻鬼の木太刀は空《くう》を切り、直二郎は脇に跳んでいた。

幻鬼は両膝と両腕を床に着いたが、すぐに起き上がった。脇腹が血に染まり、小袖の布を突き破って、折れた肋骨《ろっこつ》が白く突き出ていた。

「おのれ、い……」

喉元につけた直二郎の残心《ざんしん》の切っ先を振り払うように、幻鬼は木太刀を振り上げた。

「無住心剣流は、無敵ぞ……」

そう叫び、直二郎に向かって木太刀を振り下ろしたが、軽く外され、そのままたたらを踏むように二、三歩前進して崩れるように倒れた。

腹に食い込んだ直二郎の木太刀は、幻鬼の肋骨を砕き内臓を破ったらしく、呻《うめ》き声といっしょに激しく血を床に吐いた。それでも、幻鬼は両腕を床板につっ張り、血を吐き散らしながら渾身《こんしん》の力をふり絞って起き上がろうと、二尺ほど体を引きずった。

動かない体に、唇を嚙み、眼を剝《む》き、悪鬼のごとき形相で直二郎を睨《にら》んだ。何か叫ぼうとしたが、わなわなと唇が震えただけで声にならなかった。

「………」

残心の切っ先を、幻鬼の喉元に向けたまま、直二郎はまだ死人のように表情のない顔をしていた。

「長くはもつめえ……」

玄蔵が幻鬼のそばに来て、その顔を見下ろしたとき、何とか両腕で支えていた幻鬼の上半身が崩れた。その拍子に口に含んでいた血を噴き、半円形に血飛沫《ちしぶき》が床板を染めた。

それっきり幻鬼は動かなくなった。

「玄蔵、どこにいる！」

その声に振り返ると、鎖帷子《くさりかたびら》を着込み、鉢巻に籠手《こて》、すね当などで身を固めた朝倉が、十手を抜いたまま飛び込んできた。

背後に、突棒《つくぼう》、さす股、袖がらみなどを携えた捕方たちが続き、その肩口の間から、いつものように瓢々《ひょうひょう》とした父彦四郎の顔が見えた。

死人のような直二郎の顔に、やっと赤みがさし、生気が甦《よみがえ》ってきた。

参考文献

『剣の精神誌』　甲野善紀　新曜社
『日本剣道史』　山田次朗吉　一橋剣友会
『剣道の文化』　岡田一男　体育とスポーツ出版社
『日本古武道総覧』　日本古武道協会編　島津書房
『武道秘伝書』　吉田豊編　徳間書店
『秘伝　古流武術』第三号　東口敏郎／島津兼治　編　ＢＡＢジャパン

解説

細谷正充《ほそやまさみつ》

始まりの一冊。鳥羽亮《とばりょう》の『三鬼《さんき》の剣』について、そういうことができる。と書くと、デビュー作は『剣の道殺人事件』ではないかと、ツッコミを入れる人もいることだろう。たしかにそうである。埼玉県下の小学校に勤務していた作者は、一九九〇年、『剣の道殺人事件』で、第三十六回江戸川乱歩賞を受賞してデビューしたのだ。剣道の試合中に起きた、衆人環視の密室の謎が魅力的な本格ミステリーであった。ちなみに単行本に付された「著者のことば」で、

「数年前、テレビで剣道の試合を観戦中、ふとこの密室のヒントを得た。大観衆凝視《ぎょうし》の中で、突然対戦中の選手が倒れ、その腹部に凶器が刺さっていたとしたら——。

観衆の眼の壁の中で実行された鮮やかな犯行。不可能という意味では、これ以上の密室性はないのではないかと思った」

と、発想の原点を語っている。現在では周知の事実だが、作者は学生時代に三段を取得した剣道の達人であり、だからこそ剣道ミステリーともいうべき作品を書くことができたのである。

『剣の道殺人事件』は、たしかに江戸川乱歩賞に相応《ふさわ》しい秀作だ。しかし作中で描かれた、迫真の剣道描写を見て、時代小説も書いてくれればいいのにと思った。本が刊行された当時、ミステリー好きの友人たちと、そんな話をしたものである。その願いは、意外と早く叶《かな》った。ミステリーを執筆しながら、一九九四年一月、初の時代小説『三鬼の剣』を講談社より、単行本書下ろしで刊行したのだ。やったー、待っていたと大喜びでページを開くと、こちらの予想を上回る、作者でなければ創れなかった剣豪ミステリーの世界が広がっていたのである。

文化八年（一八一一）の江戸。本所亀沢町《ほんじよかめざわちよう》にある直心影流《じきしんかげりゆう》道場「誠心館《せいしんかん》」の師範代格である毬谷直二郎《まりたになおじろう》は、道場でのひとり稽古《けいこ》中に、全身黒装束《くろしようぞく》の男から勝負を所望された。袋撓《ふくろしない》を握った拳《こぶし》が額に当たる奇妙な構えの男に、恐るべき強さを見出《みいだ》した直二郎。一合《いちごう》も打ち合うことなく〝相《あい》ヌケ〟という言葉を残して男は去ったが、直二郎は自分の負けを実感していた。また勝負の後、「誠心館」で預かっている、神道無念流《しんとうむねんりゅう》長谷川《はせがわ》道場の主のひとり娘・ゆいから、三河水鬼《みかわすいき》という男の噂《うわさ》を聞いたことがないかと訊《たず》ねられた。

その同じ日、神田《かんだ》にある鹿島新当流《かしましんとうりゅう》剣術道場「聖武館《せいぶかん》」で比留間半造《ひるまはんぞう》、谷中《やなか》の感応寺《かんのうじ》の裏の空地で比留間市之丞《いちのじょう》が、同じ太刀筋《たちすじ》で斬《き》り殺された。ふたりは小石川《こいしかわ》にある比留間道場の主・比留間一心斎《いっしんさい》の息子であり、それぞれ鹿島新当流と心鏡流草鎌《しんきょうりゅうくさがま》の道場に入門していた。直二郎と近所付き合いをしている、岡っ引《おかっぴき》の細引《ほそびき》の玄蔵《げんぞう》は、半造の件を切っかけに、一連の事件を調べ始める。やがて長谷川道場の内弟子《うちでし》だという、常陸幻鬼《ひたちげんき》・三河水鬼・出羽猿鬼《でわえんき》という、三人の剣鬼に目星《めぼし》をつけた。

一方、直二郎も独自に動く。道場の師匠から、相ヌケというのは、無住心剣流《むじゅうしんけんりゅう》の極意《ごくい》であるらしいこと。長谷川道場と比留間道場の過去の因縁《いんねん》から、三人の剣鬼が何らかの行動に出たのではないかと聞いた。師匠の言葉もあり、無住心剣流のことを調べることにした直二郎。だが、複数の道場を巻き込んで、事態はヒートアップ。多数の剣士が入り乱れ、直二郎も強敵と対決することになるのだった。

今回、この解説の執筆のため、二十数年ぶりに本書を再読した。そして鳥羽剣豪小説が、最初から完成されていたことに驚いた。相手との距離を表した〝一足一刀《いっそくいっとう》の間境《まざかい》〟や、強敵と対峙《たいじ》したときの主人公の〝（こやつ、できる！）〟という心の声など、お馴染《なじ》みの表現が、当たり前のように使われているのだ。しかもチャンバラ・シーンが素晴らしい。たとえば、心鏡流草鎌道場の主・山上宗源《やまがみそうげん》と常陸幻鬼との対決場面。

入《い》り身《み》の迅《はや》さだけでは勝てぬ。直二郎がそう思った瞬間、鎖の分銅が闇《やみ》にのびた。間髪《かんはつ》をいれず、宗源の体が前に跳び、烏《からす》の嘴《くちばし》のように鎌がのびた。

一瞬、鎌の先の幻鬼の体がわずかに曲がったように見えた。

鎌は、無情にも闇を掻《か》いた。

テエエッ！

一閃《いっせん》、幻鬼の白刃《はくじん》が闇に弧《こ》を描き、宗源の呼気がふっとかき消えた。三、四歩、たたらを踏むように宗源の体が前に泳ぎ、闇の中に佇立《ちょりつ》した。

一瞬の静寂《せいじゃく》の後、ゆっくりと宗源の体が崩れ落ちた。

シーと闇に噴く血が、虫の音のように聞こえた。

どうだろうか。主役の直二郎が関係しないチャンバラでも、これだけ濃密な描写がなされているのだ。巧緻《こうち》かつ迫力のあるチャンバラ描写で知られる作者だが、それは最初からだったのである。しかも出し惜しみはなしだとでもいうように、次から次へと斬り合いが続く。圧倒的な妖剣《ようけん》に直二郎が立ち向かうラストまで、ノンストップで突っ走るのである。

また、無住心剣流を大きく取り上げている点も、注目ポイントだろう。作中でも書かれているが無住心剣流は、ほぼ三代で絶えた。また、極意である〝相ヌケ〟が、どのようなものであるのか、はっきりしていない。技の名前なのか、境地を指すのかすら分からないのだ。これに作者は、明確な解釈を下している。おそらくは自身の剣道体験も踏まえてのことと思うが、非常に説得力があるのだ。

ところが、話はこれで終わらない。無住心剣流を利用して、作者は三人の剣鬼による、三者三様の妖剣を創り出した（長谷川道場の主まで入れれば四通りだ）。次々と現れる妖剣乱舞に心が躍《おど》る。まさに作者でなければ書けない剣豪小説となっているのである。

さらに、ミステリーの部分も充実している。詳しく書けないのが残念だが、同日に起きた三つの事件の裏に隠された謎は、かなり複雑だ。冒頭の直二郎と黒装束の男との勝負に、思いもよらぬ意味があったことが明らかになったところなどは、ミステリーの楽しみに満ちていた。本書以後も〝剣豪ミステリー〟と呼ばれる作品を数多く発表する作者だが、やはり始まりの一冊は特にそのテイストが強い。ミステリー作家・鳥羽亮の真価も、たっぷりと味わえるのである。

その他、直二郎と玄蔵の年齢を超えた交誼《こうぎ》や、ゆいと水鬼の恋愛など、読みどころは盛りだくさん。新たなジャンルに挑むと同時に、読者をとことん持て成そうという、作者の気概《きがい》と意欲が迸《ほとばし》っている。だから本書は、こんなにも面白いのである。

なお、毬谷直二郎は、『隠猿《おぬざる》の剣』『妖鬼の剣』でも活躍している。本書で初めて作者の剣豪小説を読んだという人は、引き続き手に取るといいだろう。そしてそこから、剣戟《けんげき》の響き鳴り止まぬ、鳥羽チャンバラ・ワールドに遊ぶことをお薦めしたい。


（文芸評論家）

本書は、一九九七年一月に講談社文庫に納められた作品に、新たな「解説」を加えたものです。

著者紹介
鳥羽　亮（とば　りょう）
1946年生まれ。埼玉大学教育学部卒業。90年「剣の道殺人事件」で第36回江戸川乱歩賞を受賞。自らの剣道体験を素材に「剣客春秋」「はぐれ長屋の用心棒」「わけあり円十郎江戸暦」などの剣豪シリーズ、時代ミステリーで活躍している。

ＰＨＰ文芸文庫　三鬼の剣

2017年１月20日　第１版第１刷

著　者　鳥羽　亮
発行者　岡　修平
発行所　株式会社ＰＨＰ研究所
東京本部　〒135-8137 江東区豊洲5-6-52
文藝出版部　☎03-3520-9620（編集）
普及一部　☎03-3520-9630（販売）
京都本部　〒601-8411 京都市南区西九条北ノ内町11
PHP INTERFACE　http://www.php.co.jp/
組　版　朝日メディアインターナショナル株式会社
印刷所　共同印刷株式会社
製本所　株式会社大進堂

ISBN978-4-569-76661-4

PHP文芸文庫

わけあり円十郎江戸暦

鳥羽 亮 著

直心影流の遣い手・円十郎は、二人の牢人仲間と気ままな日々を送っていたが……。江戸の町を舞台に繰り広げられるチャンバラ&人情小説。

定価 本体四七六円（税別）

PHP文芸文庫

七人の兇賊《きょうぞく》

わけあり円十郎江戸暦

鳥羽 亮 著

押込みに狙われた商家から、円十郎に用心棒の仕事が舞い込む。しかし、その賊の中には恐るべき手練もいた。窮地に陥った円十郎は……。シリーズ第二弾。

定価 本体五七一円(税別)

PHP文芸文庫

奇剣稲妻落し

わけあり円十郎江戸暦

鳥羽 亮 著

攫《さら》われた娘を救い出す依頼を引き受けた円十郎。人攫い一味の牢人が遣う必殺の奇剣を、円十郎の直心影流は破ることができるのか――。シリーズ第三弾。

定価 本体五七一円 (税別)

PHP文芸文庫

闇の刺客
わけあり円十郎江戸暦

鳥羽 亮 著

窮地を救った若い侍から、身辺の警護を頼まれた円十郎の前に、次々と遣い手が立ちはだかる。円十郎の直心影流が冴え渡る、シリーズ第四弾。

定価 本体五七一円(税別)

PHP文芸文庫

一身《いちみ》の剣

わけあり円十郎江戸暦

鳥羽 亮 著

口入屋に居候している直心影流の橘円十郎は、巨漢の馬淵と手練の宇佐美と共に舞い込んだ事件を解決しようとするが。シリーズ第五弾。

定価 本体五八〇円（税別）